Friedrich Maximilian Klinger

Die falschen Spieler

Ein Lustspiel in fünf Aufzügen

Friedrich Maximilian Klinger

Die falschen Spieler
Ein Lustspiel in fünf Aufzügen

ISBN/EAN: 9783743370685

Hergestellt in Europa, USA, Kanada, Australien, Japan

Cover: Foto ©Andreas Hilbeck / pixelio.de

Manufactured and distributed by brebook publishing software (www.brebook.com)

Friedrich Maximilian Klinger

Die falschen Spieler

Die falschen Spieler.

Ein Lustspiel in fünf Aufzügen,

von

Klinger.

Aufgeführt im k. k. National = Hoftheater.

Wien,
zu finden beym Logenmeister. 1782.

Personen.

Von Stahl, aus Franken, als ein holländischer Kaufmann, unter dem Namen van Vielden.

Sophie, seine Tochter aus der zweyten Ehe.

Juliette, seine weitläuftige Anverwandtinn.

Kapitain von Horsten, Sophiens Liebhaber.

Marquis Bellfontaine, Sohn des Herrn von Stahl aus der ersten Ehe.

Graf Balluzzo.

Baron Dorvall.

Chevalier Frik.

Karl, von Stahls Stiefsohn.

Braun, von Stahls Verwalter, und Chirurgus des Dorfs Stahl.

Isabella.

Jean,
David, } Bediente des Marquis.

Hans, von Stahls Bedienter.

Spieler.

Die Handlung ist in Karlsbad.

Erster Aufzug.

Zimmer im Wirthshause.

Erster Auftritt.

Von Stahl. Sophie, Juliette am Theetische.

Jul. Seine Laune ängstigt mich!

Soph. Du bist ein Kind! geh, lies ihm etwas aus deinen empfindsamen Büchern vor; du kannst ihn leicht anderst machen.

Stahl. Es ist toll, sag' ich!

Sophie. Wie Papa! warum so mürrisch?

Jul. Und ist doch alles so freundlich hier.

Stahl. Das kann seyn; aber es ist Narrheit, daß Georg Stahl in Karlsbad sitzt, während die Pächter seine Güter aussaugen. Tollheit, daß ich's in solchem Aufzuge bin; Wahnsinn, daß ich's um einen Taugenichts von Sohn bin, und Raserey, daß ich's mit Euch bin. — Hans! — O, daß wir Män-

Männer doch immer eure Narren sind! — Hans! — sind wir dem Abendtheuer nicht von Bad zu Bad nachgezogen? — soll ich mich arm reisen? — Hans! —

Sophie leise zu Jul. Laß ihn rufen, Hans ist weit genug. Ich hab' ihn auf die Spur des Kapitains gejagt. — Eine Tasse Thee, Papa?

Stahl. Man verwässert meinen Aerger nicht; nur meine Aussenseite ist ein Holländer. — Nein Juliette, wir bleiben nicht — Nick ihr immer zu Sophie! Es geht nach Franken, die Erndte ist vor der Thüre, und mein Entschluß, ist ein deutscher Entschluß.

Soph. Lassen Sie sich immer bereden, noch ein wenig zu bleiben. — Da Ihnen Kapitain von Horsten kein Mann für mich schien, so hofft' ich schon in diesem — Bad auf Bad abziehn, eine Partie zu treffen, die Ihnen besser gefalle als mir. —

Stahl. Willst du meinen Aerger reizen! du machst viel Schulden auf dieser Reise, Tochter Sophie! Ich bitte Sie, Juliette, nehmen Sie sich für dem Leichtsinn, dem falschen Witz dieser Kreatur in Acht; es ist kein bischen deutsches Blut in ihr.

Jul. Aber wir bleiben doch noch? wenigstens um zu hören. —

Stahl. Ha, um eines liederlichen Burschens, eines Abendtheurers, eines Vagabunden willen, der nie werth war, mein Sohn zu seyn? Das ist nun eine Ihrer romantischen Grillen, die Sie aus den weinerlichen Büchern gesogen haben. — Nu, werden Sie nicht roth! — Hat er nicht Sie, das beßte, reichste Mädchen in ganz Franken betrogen?

Jul.

ein Lustspiel.

Jul. Nicht betrogen; aber ich foderte zu v[iel] von ihm, und man sagt, dies sey das Grab der Liebe.

Stahl. Sehen Sie Juliette, der Bösewicht verdiente diese Liebe nicht, und da sind Sie mit Ihrem Herzen zu weit gegangen — wie's Euch immer geht, wenn Ihr Eure ohnedieß schon heiße Phantasie durch das Lesen der neumodischen Bücher noch mehr erhitzt. Doch was? Er hat mich, seinen Vater seit 14 Jahren vergessen; brandmarkt den Namen eines Deutschen, den Namen seiner Familie, indem er von den Börsen andrer lebt — und den wollten Sie zum Mann? — Hans! —

Jul. Ist das auch alles wahr? — Böse Leute können viel reden, und Franz hat nicht viel Freunde in der Familie.

Soph. Es ist Eifersucht, Kind, Papa möchte dich gern für sich selbst behalten. Ich wollte, wir giengen wieder nach Franken zurück; der Kapitain muß sterben für Liebe und Verzweiflung; oder ich müßte Hrn. von Stahls einzige Tochter nicht seyn. Und denken Sie, Juliette, mitten im Semestre des Kapitains abzureisen.

Stahl. Gewäsch! Unsinn!

Jul. Einen verirrten Verlornen zurückzuführen, der Ihr Sohn ist.

Stahl. Waschen Sie den Mohren weiß!

Jul. Es ist nur ein Nebel, der vor seiner Seele hängt. Ihre Güte wird ihn wegziehn, ich kenne meinen Franz. Er wird in Ihr väterlich Angesicht sehen, da seinen edeln Ursprung lesen, und in sich kehren.

Soph. Und sieht er Julietten, so werden alle Abendtheuer aus seinem Herzen schwinden. Er wird an Ihrer Hand in unser stilles friedliches Leben zurückkehren.

Stahl. Mein grader Sinn sagt Nein! ein tükisches Roß bessert sich nie.

Jul. Er wird vor Ihnen stehen, so bescheiden, so lieb (denn bey aller seiner Wildheit war er das immer) er wird mit jenem Blick, dem Ausdruck alles männlich Guten, mit dem wackern edeln Sinn, der sich in seiner ganzen Figur so scharf ausdrückt, das zärtliche Wort: Mein Sohn! von Ihren Lippen stehlen — Ihr Herz wird ihm nachfliegen, ich werde eine Scene fühlen, eine Scene theilen, die die schönste, die herrlichste unsers Lebens seyn soll.

Stahl. Schön gesagt!

Jul. Und diese Scene wollten Sie sich, wollten Sie mir rauben, mein Vater! — ich durfte Sie immer so nennen, und Sie lächelten mir freundlich zu!

Stahl. Liebes Mädchen! — Ich hätte nichts dagegen, aber es reimt sich nicht mit meiner Erfahrung. Ihr habt mich in einen dummen Roman verflochten, wo ich nicht herausfinden kann. Gesetzt, er spränge um — Juliette! soll ich Sie an einen Burschen schmieden, dessen Herz durch den üppigen Genuß der Welt stumpf und trocken ist? Bey meiner Seele, Sie würden hüpsch fahren, mit Ihren Empfindeleyen, Ihrem Gefühl, wofür er keine Feig? geben wird. Sie kennen die Caprizen dieser Burschen nicht, die die weite Welt auf und abge-

lau=

laufen sind, und überall das Gegentheil ihrer Träumereyen gefunden haben. Lassen Sie mich für Sie denken, Juliette! Ihre Phantasie arbeitet das bischen Verstand zu leicht unter sich. Was ich mit ihm vorhabe ist väterliche Pflicht, und mehr Liebe als er verdient.

Jul. O mein Vater!

Stahl. Womit wollen Sie einen Menschen fesseln, der Eure Tugend, Eure erhabnen Gefühle, für schales Bedürfniß, für Grimasse, für Unerfahrenheit hält! der Euch nicht nach dem bestimmt, was Ihr seyd, sondern was Ihr in andrer Lage wäret! womit wollen Sie einen solchen bessern?

Jul. Mit Liebe, die alles bessert.

Stahl. Das träumt Euch ein hungriger Autor vor. Wer einmal die Anhänglichkeit zerrissen hat, die uns, wie eine Kette, wechselseitig zum Guten bindet, den fesselt nichts mehr. — Doch, ich rede selbst wie ein Buch, während die Pächter meine Güter ruiniren.

Sophie leise zu Jul. Wir haben gewonnen! sobald er sich in Beweisen und Vernünfteln einläßt, ist er weg.

Zweyter Auftritt.
Vorige, Karl, Braun.

Jul. Ist er da?
Braun. Ja.
Soph. Würklich?
Stahl. Desto schlimmer! — Nun Braun?

Jul. Wie sieht er aus? lieb? schön? gut?

Stahl. Gleicht er seinen Genossen in Mine und Gang? ist seine Kleidung windigt? tritt er auf wie ein Abentheurer? — Schont meine Ohren nicht Braun.

Braun. Er lebt hier unter dem Namen Marquis Bellfontaine, wie man Ihnen schrieb.

Stahl. Unter dem Namen eines Franzosen, mein Sohn! ist ihm sein ehrlicher deutscher Name nicht gut genug? — Unter dem Namen eines Franzosen! — ich sag Ihnen Juliette, es ist keine Nerve an ihm gesund geblieben. — Hans! —

Soph. Wie schnell Papa! es ist doch beym deutschen Blut besser, er trägt bey einem zweydeutigen Charakter den Namen eines Franzosen, als daß er seinen deutschen Namen, seinen Familiennamen beschimpft.

Stahl. Hm, hm! — diesmal hast du Recht. Aber sagtet Ihr nichts von Marquis?

Braun. So nennt er sich.

Stahl. Der Windbeutel! — er lügt!

Soph. Aber Papa, vielleicht weis er, daß Sie sich wegen dem Gute baronisiren liessen, und ein deutscher Baron wiegt schon einen französischen Marquis auf.

Stahl. Wespe! rückst du mir die Thorheit deiner Mutter vor, die ich theuer bezahlte? Ich bin Vater Stahl aus Franken, und weiter nichts.

Sophie leise zu Jul. Wirst du schon wieder blaß, wenn er ein wenig aufführt? Ich sag' dir, dein Blick und diese Zunge machen aus ihm was wir wollen.

Stahl.

Stahl. Wie sieht der Spitzbube sonst aus? Sahst du ihn? schont ihn nicht — sprecht deutsch und wahr von ihm, es kann manchem eine Warnung seyn! —

Braun. Bey allem, was windig ist, er ist der frischste, schönste, schlankste, leichste Wildfang, den ich je sah — reich gekleidet, ein rollend Aug voll Feuer —

Jul. Braun! —

Stahl. Nu —

Braun. Einpomadirt, daß man ihn auf 1000 Schritte riecht. Kurz, ein Kerlchen, den Frau Fortuna zu ihrem Liebling gedrechselt zu haben scheint. Er wird unsern fränkischen Weibern tüchtig den Kopf verdrehen, und die Wappen mancher Familien vergolden.

Stahl. Ich will ihm den Hals brechen.

Braun. Prächtige Equipage, schöne Livree und eine wälsche Maitresse, wie sich's für seinen Stand gebührt.

Soph. Was? eine Maitresse? der garstige Mensch!

Stahl. Wollen wir noch nicht reisen, Juliette? oder gehört dies auch in den Roman?

Jul. Ach!

Soph. Laß dich nicht irre machen, Kind! — Bey Deutschlands schönen Töchtern! dein blaues Auge soll doch wohl eine verbuhlte Italienerinn aus seinem Herzen stöbern.

Stahl. Daß ich ihn mitten in meinem Forst hätte!

Jul.

Jul. Daß ich mich an seinem Halse zu Tode weinen könnte! Der Ungetreue!

Braun. Gestern gewann er einem Franzosen sein ganzes Vermögen ab.

Stahl. Ha, ha, ha! das ist brav! im letzten Kriege haben sie mich was schönes gekostet. War's eine starke Summe, Braun?

Braun. Weiß nicht.

Karl leise zu Braun. Dumkopf! mach ihn nicht zu lachen; er lacht seinen Aerger gegen ihn weg.

Braun. Des Kapitains von Horsten Geld, tanzte auch schon auf dem Tisch.

Stahl. Ist der Kapitain hier? — Bravo! einer Ihrer Streiche, Mademoiselle! er wird aber nichts nützen.

Soph. Der Unverschämte! Was? er wagt es ohne meine Einwilligung nach Karlsbad zu kommen, da er sich zu Hause, aus Liebe zu Tode grämen sollte! Ich will ihn züchtigen, Papa! Sie sollen Ihre Freude sehen!

Stahl. Nur nicht grimaffirt, wir kennen uns! Hm! ein Mensch, der den elenden Gedanken hat, seinem Glück mit einer Heyrath aufzuhelfen! — Hat der Narr sein bischen Geld verloren, Braun?

Braun. Er ist noch daran.

Stahl Desto besser!

Soph. Daran ist Ihre Strenge Schuld, Papa! Warum taxirten Sie seinen Werth nach Thalern, als wenn Sie mich gegen Münze verkaufen wollten. Er wagte sein Geld um Ihre Tochter zu gewinnen — ist das nicht edel?

Stah..

Stahl. Schweig! ich reise. — Weder meine Närrinn von Tochter, noch mein Taugenichts von Sohn, noch Ihre Romanensprache, Juliette, sollen mich länger halten.

Karl. Sie thun wohl daran mein Vater! wir würden hier eine schöne Rolle spielen, wenns herauskäme, daß der schlechte Kerl von falschen Spieler, uns, einer deutschen würdigen Familie angehöre.

Stahl. Pfui!

Karl. Wie mein Vater?

Stahl. Pfui, Bursche!

Karl Wodurch hab' ich diesen Zorn verdient?

Stahl. Sprich, du schlechter Mensch! bin ich so stiefväterlich mit dir umgegangen, daß du nicht mehr Liebe zu meinem Sohne hast?

Braun. Karl sah diesen Augenblick nur auf die Ehre der Familie und unsers deutschen Vaterlandes. Ach! ich weis Proben genug, wie sehr er seinen Stiefbruder liebt!

Stahl. Hm! — Ich bleib hier. Ich will sehen, ob er noch einen Tropfen deutsches Blut in sich hat! will forschen, ob noch die Nerven in ihm leben, mit deren guten Stimmung er mich in seiner Jugend so glücklich machte — unerkannt will ich sehen, ob er noch den offnen Blick, den Dollmetscher der Seele in seinen Augen hat. Und ist es so, so soll er mit nach Franken, soll mein Junge seyn, soll meine Füchse jagen, und meine braunen Polacken reiten, die sich itzt steif stehen. — Sapperment! wenn mir die Pferde zu Hause vernachlässigt würden! — Braun! was habt ihr für Nachricht vom Haber? Braun.

Braun. Er steht voll und satt.

Stahl. Find' ich ihn aber ganz verderbt, so soll Monsieur le Marquis seine Abendtheuer an einem Orte ausschwitzen, wo man nie erfahren soll, daß Vater Stahl sein Vater war.

Jul. Er wird's so weit nicht kommen lassen.

Stahl. Sie nehmen's von der leichten Seite, wie Weiber immer thun, wenn sie etwas wünschen. Merkt, was ich sage, und wozu ich blinden Gehorsam fodre. — Wer dem Marquis Nachricht giebt — — verdammter Junge mit deinem Marquis! — wer ihm Nachricht giebt, daß Stahl, sein Vater hier ist — wer sich von euch zu erkennen giebt, der hat an mir Vater und Freund verloren. Er wird mich nicht kennen; das Alter und dieser Anzug entziehen mich seiner Ahndung völlig.

Soph. Aber wenn der Kapitain jemand von uns, oder gar Sie selbst sähe, so könnt' es doch leicht auskommen.

Stahl. Wenn der Kapitain nur nicht die Närrinn sieht — dafür will ich aber sorgen. Braun! hat er Euch gesehen?

Braun. Nein.

Stahl. Sophie! du wirst weder Augen noch Ohren für ihn haben.

Sophie. Ich danke Ihnen Papa, daß Sie nicht alle meine Sinne mit Arrest belegen.

Stahl. Unverschämte! mach mich nicht wild.
(geht ab.)

Jul. Sieht Franz wirklich so aus, Herr Braun?

Braun. Wie ich ihn mahlte.

Jul.

Jul. Komm Sophie, laß uns in den Garten gehn, und unsre Seufzer in die duftende Luft ergießen.

Sophie. Komm, armes, girrendes Täubchen!
(sie gehn ab.)

Karl. Was sagst du zu dem Dinge, Braun?

Braun. Es sieht schlimm aus. Dein Bruder braucht einige lügenhafte Thränen der Reue, und unser ganzes Projekt ihn aus den Gütern zu wippen ist zum Teufel.

Karl. Und haben des Vaters Zorn.

Braun. Stehn als Spitzbuben da; denn nur der ist ein Schurk in den Augen der Welt, dem ein kluger Streich nicht gelingt.

Karl. So wär' die ganze Intrigue umsonst, und es käme wohl gar heraus, daß ich Franzens Briefe unterschlug!

Braun. Das könnte kommen.

Karl. Und mit Juliette wär's auch aus!

Braun. Und ihr schönes Kapitälchen gienge auch zum Teufel.

Karl. Mein Seel, ich bin verliebt in sie. Sie hat so artige Empfindungen, ein so zierliches zartes Wesen, und ist so sanft wie Mondschein.

Braun. Und du herber als der Nordwind.

Karl. Wär' ich der Nordwind, ich weis, wen ich wegbliese.

Braun. Hör' nur Karl! wenn du raisonabel seyn willst, so wollen wir schon mit Ehren aus dem Handel kommen. — Ich bin ein kluger Kopf, deines Vaters Verwalter und Chirurgus — er hält etwas auf mich. Uebrigens ist klingend Metall der
Schlüs=

Schlüssel zu allem auf Erden, selbst zu den Herzen der Romanenprinzessinnen.

Karl. Wir haben einen dummen Streich gemacht, daß wir den Vater in den Händen der Mädchen ließen. Der Teufel weiß, welche Weichlichkeit sie ihm eingeflößt haben. Er war der bravste Jäger, der unvergleichlichste Reuter, und itzt hat er zu Zeiten Gefühl wie ein Mädchen. Hätten wir ihm Jäger und Roßhändler ins Haus gebracht, so wär ihm Franz nie in den Kopf gekommen; noch weniger der verdammte Einfall, ihm mit den Weibern nachzuziehn. Aber du warst nicht auf dem Lande zu halten, denn die Mädchen in der Stadt zogen dich an, wie Pech.

Braun. Hätt'st du dich nur besser an Sophie gehalten! und was kann ich dafür, daß dein Bruder Julietten auf der Frankfurter Messe kennen lernte, und sie da zur Närrinn machte! Doch laß uns nicht raisoniren, wie das Ding geschah, sondern wie pfiffige Kerls die Folgen zu unsern Besten werden. (gehn ab.)

Dritter Auftritt.

Zimmer des Marquis.

Marquis Bellfontaine, Jean.

Marq. Zähl nur fort, Jean!

Jean. Bravo! ein schöner Coup, Herr Marquis!

Marq. (halb für sich.) Was für eine Art von Kopf bin ich denn!

Jean.

Jean. Eine vortrefliche Art. Ward aber je ein Kopf von geschickten Händen bedient, so ist's der Ihrige.

Marq. Doch will mir auch dieses Leben nicht mehr ganz gnügen, und mit wie viel Hitze umfaßte ich's. Wie viel Freyheit, Jovialität, Grösse und Genuß setzte meine Phantasie hinein! So bin ich in Alles mit glühenden Sinnen gesprungen, um mich mit kaltem übersättigtem Herzen zurückzuziehn.

Jean, der mit Zählen fertig ist. Drey tausend Dukaten! und in einer Nacht zusammen taillirt! — Das muß doch ein englischer Kopf gewesen seyn, Hr. Marquis, der das filiren erfand! Schade, daß man seinen Namen nicht weis! alle Greks von Ihrer Größe, von Ihrer Wissenschaft sollten ihm ein Monument errichten.

Marq. (noch immer für sich) Aber — bin ich nicht frey wie die Luft, von keiner Leidenschaft, keinem Verhältniß gefesselt! Reich wie Crösus, da alles Geld der Thoren mein ist. — Fühl dein Glück, Blödsinniger. — Ich hab' alles verlassen — mich verließ alles, und so genieße ich die unumschränkteste Freyheit, die je ein Erdensohn genoß. Grösser als alle Zauberer schlag' ich an die Erde, ihre Schätze öffnen sich mir — denn die Schwachheit der Menschen ist meine Miene.

Jean. Trefliche, reichhaltige Adern, und dem Schlag Ihrer Ruthe liegt keine verdeckt. Davon sollen sie in Spaa, Pyrmont, Chambery und Paris was zu singen wissen. Bey Karten und Würfel! wenn einer den Inhalt einer Börse, nach dem

Gesicht

Gesicht ihres Besitzers besser taxiren kann, als Sie, so muß er der Teufel selbst seyn.

Marq. Geh Jean, bring' meiner Isabella meinen Morgengruß. (Jean geht ab.)

Vierter Auftritt.
Balluzzo, Marquis.

Balluz. Guten Morgen, Marquis! — Nu, schon Rechnung von der Nacht gemacht? — Ich denke, wir werden hier gute Campagne finden. Der Anfang ist gut.

Marq. Ach, die Dummköpfe gleichen sich allenthalben.

Balluz. Desto besser.

Marq. Es ist keine Ehre, der Herr eines unedeln Thieres zu seyn.

Balluz Schiefe Ambition, Marquis! Preis die Götter, die Tausende zu Dumköpfen machten, ihnen einen Burschen unsrer Art auf den Nacken setzten, daß er Herr ihrer Leidenschaften, und dadurch ihrer Börse sey. Ja, du wärst ein vollendeter Mann, und vielleicht der erste aller Greks, wenn du bey deinen grossen Talenten nur ein wenig mehr Conduite hättest. Das ist das einzige, was dir abgeht, und im Grunde die Hauptsache; aber es ist nicht auf dich zu zählen. Das Geld fliegt dir zu und all dein Streben geht dahin, es mit beyden Händen blindlings wegzuwerfen.

Marq. Du weißt, ich kann das Schulmeistern nicht leiden; indessen Graf: so lange Eitelkeit,

fal=

falscher Stolz und Gewinnsucht die Herzen der Menschen bewegen, wird es uns nie fehlen. Unsre Kunst fing mit dem Menschengeschlecht an, und hört mit ihm auf.

Balluz. Gut, ich verzeih etwas deiner Jugend, aber daß du so alles aufopferst, das verdrießt mich. Ist das Großmuth hier und dort einem armen Teufel auf die Beine zu helfen, dessen Jammer du nur auf einige Jahre verlängerst? Ein Greck lebt allein in der Schöpfung, mein Sohn!

Marq. Hm! — es ist freylich toll, daß immer eine Leidenschaft der andern in die Hände spielt; doch, dies ist eben der Reiz meines Lebens, den du Graf freylich nicht zu fühlen fähig bist. Und am Ende will ich lieber ein Narr meiner Großmuth seyn, als mich von unersättlicher Habsucht zwicken lassen, wie du.

Balluz. Wär' deine Großmuth am rechten Orte angebracht, ich hätte nichts dagegen, so aber entschlüpft sie dem Auge der Menschen völlig: Was ein Greck thut, Marquis, soll mit weisem Vorbedacht, mit Berechnung der Folgen, und der Würkung auf alle andre, gethan werden. Ein hingeworfner Dukaten muß hunderte nach sich ziehen, oder ich geb' für deine ganze Wissenschaft keine hohle Nuß.

Marq. (ärgerlich) Gut, gut, und weil wir denn einmal bey dem Kapitel sind, so muß ich dir sagen Graf, daß mir deine Weise noch weit weniger gefällt, daß sie mir schlecht und niederträchtig scheint.

B   Bal-

Balluz. He! — Wie, junger Mann! so frech!

Marq. Warum nicht! — würkt's? desto besser! Was? arme Teufel, deren Phisionomie dir so deutlich ist, wie die Phisionomie einer Bettlerhütte, behandelst du auf eine Art, wie einem Kerl, der im Ueberflusse sitzt! Es ist nicht brav, sag' ich; gegen unsre Convention sag' ich. Du solltest dich schämen, einem Menschen, wie dem deutschen Offizier, den du gestern angeln liessest, das Geld abzunehmen.

Balluz. Ein junger Strudelkopf wie du, soll mich in meinen Grundsätzen nicht irre machen. Ich bin im Handwerke grau geworden, und weiß, was Gold ist.

Marq. Du handelst nicht nach Grundsätzen, du hast eine elende tükische Gemüthsart, die sich an Verzweiflung eines Unglücklichen weidet.

Balluz. Geh meinen Weg, mach' meine Erfahrung, du wirst auch so. Doch beym Teufel —

Marq. Es ist höchst niederträchtig, höchst schändlich, gar keine Schonung zu kennen —

Balluz. Ha, mir das?

Marq. Und warum nicht?

Balluz. Einen alten, grauen Kerl von meiner Wissenschaft meistern zu wollen!

Marq. Verflucht sind die Stunden, in denen ich mich mit dir besudelte.

Balluz. Schändliche Undankbarkeit! — Als ich dich elend, verloren, von deiner Familie ausgestossen, von deinen gierigen Gläubigern verfolgt, in Spaa hinter einem Tische fand; deine itzt so
üppi-

üppige Augen in Verzweiflung rollten; der nahe Mangel, die nahe Schande der Armuth, der Schweiß auf deine itzt so stolze Stirne trieben — wer war da Graf Balluzo? wer nahm dich auf? wer beurtheilte deine Talente, und bildete die Adresse aus, die ich in deinen Händen, deiner ganzen Gestalt wahrnahm?

Marq. Das thatst du um deinetwillen.

Balluz. Vortreflich! wer stach dir den Staar? wer zeigte dir, wie du um dein Geld gekommen warst? wer lehrte dich's mit dem meinigen — mit dem meinigen Marquis, vertausendfachen? wer machte dich mit den Narrheiten der Menschen bekannt, und zum Meister ihrer Leidenschaften? Ist dies deinem Gedächtniße entflohn? — Damals nanntest du mich deinen Retter, deinen Lehrer, und der will ich heissen, so lang ein Haar auf meinem Haupte lebt.

Marq. Verdammt!

Balluz. Roll nur deine Augenäpfel, und beiß die Lippen — du fühlst die Wahrheit.

Marq. Ich will mich fassen, und will den Adel meines vorigen Lebens, ja meines gegenwärtigen Lebens selbst, gar nicht in Anschlag bringen. Wer brachte mich um mein Geld? wer führte mich durch Noth in dieses Leben? Du warst es. Und wer machte dich reich, Gräfchen? wer schüttete dir mit tausenden die englischen Guineen in den Schooß? wer blieb arm, als ich? Wie vielmal schickte ich Jean nach 100 Dukaten, und Jean kam leer. Ist das brav? Ist das Dank? Für dich arbeitete ich. Und wer versteht von uns das Spiel am besten? wer hat alle die neuen Touren erfunden? wer hat die berühmtesten Grecks gemacht? bin ich's nicht?

Balluz. Wie? du wärst ein besserer Spieler? —

Marq. Ich wollte lieber ein Affe seyn, als ein so fühlloser Kerl wie du. Ja ich bin ein besserer Spieler!

Fünfter Auftritt.

Vorige, Frik.

Frik. Wie, Ihr Herren, seyd Ihr toll? was soll das heissen? beyde ergrimmt! — Ist es Zeit hier den Brutus und Cassius zu spielen, während der reiche Octavius mit gespickter Börse aufmarschirt? Schämet Euch, und macht Friede. Das wär die Art zu etwas in der Welt zu kommen, wenn gescheidte Leute selbst uneins würden. Friede, Ihr Herren!

Balluz. Du hättest vor meinem Alter Respeckt haben sollen. Wie, ich wär' ein dummer Spieler?

Marq. Das wollt' ich nicht sagen. Ich meinte, ich sey ein edlerer Spieler, und deine Gemüthsart gefalle mir nicht.

Frik. Laßt's gut seyn, denn durch das, was ich Euch vorzutragen habe, hof' ich Euern Streit bald beyzulegen. In den grossen Saal, Ihr Herren — hinter den Pharaotisch, Marquis — hinunter, und studiert die Physionomie der Börsen! Dorvall hat mit seiner Schwade eine grosse Ge=

sellschaft zusammengebracht, es fehlt nur an Euch, davon zu profitiren.

Balluz. Was für Fremde sind in dieser Nacht angekommen?

Frik. Ein Holländer mit zwey Damen, seinem Sohne und Verwalter, und einem ziemlichen Reisekästchen, vermuthlich voll holländischer Dukaten.

Marq. Lohnen die Damen der Mühe, Frik?

Frik. Davon kann Ihnen Dorvall Nachricht geben.

Balluz. Nun Marquis? —

Marq. Ich wollte, du hättest mein Blut ruhig gelassen.

Balluz. Deine Hand! zürnt der Wolf dem Wolf?

Marq. Das ists eben, wo du mich nicht begreifst; ich möchte nur schneiden, wo es wieder wächst, und mit einem Lächeln davon ziehn.

Balluz. Nur bitt ich dich, laß dich nicht mehr von den Damen im Spiele betrügen: so ein Paroli de Campagne gewonnen, geht mir durchs Herz.

Marq. Daß doch der Ausgelernteste noch zu lernen hat! Sich von den Damen betrügen zu lassen, erwirbt den Namen eines schönen Spielers, und vermehrt die Praktick. Und haben wir Praktick, was brauchen wir mehr!

(sie gehn ab.)

Sechster Auftritt.

Jean, David.

David. (Indem er Geld in seinen Hut zählt) Hab Respeckt für mich, Bursche! ha, ha! bin ich noch ein Dummkopf? bin ich noch ein Gimpel?

Jean. Wie kommst du zu dem Gelde?

David. Während der Marquis diese Nacht den Franzosen kahl machte, hab ich des Franzosen Bedienten rein auspiquetirt. Was sagst du nun? bin ich noch ein Gimpel?

Jean. Du? du, David?

David. Und rein, rein filirt! Glaubst du, ich profitire nichts vom Marquis, wenn ich ihn frisire, und er indessen mit dem unvergleichlichen Büchlein seine Hexereyen macht? Alle seine Künste stehl ich ihm aus dem Spiegel! hohl der Henker das Arbeiten! O! ich denke noch meine Kutsche zu halten, meinen Kammerdiener, und im Gelde zu wühlen, wie ein Jude. Hör, ein Franzose war's, den ich machte, und du weißt, die passiren für pfiffige Spieler —

Jean. Nun, mein Seel, hätt' ich doch nicht gedacht, daß man mit Finger, nur zum Dreschen und Pflugtreiben gemacht, einen Franzosen zu Grunde filiren könnte. Laß dich umarmen! ich that dir Unrecht, und sehe, daß das Genie allenthalben geboren wird. Du bist zum Bedienten des Marquis gemacht; mein Unterricht wird dich vollenden. Itzt wollen wir zusammen die Kammerdiener und Laquaien schelen, während die Herren von unsern Chefs gemacht werden.

David. Also bin ich itzt auch ein Greck?

Jean. Allerdings.

David. So sag' mir doch, was heißt denn eigentlich ein Greck? ich studiere schon lang über das Wort, und kanns nicht so recht herausbringen. Das Wort steht gar nicht im Deutschen, und in Schwaben hab' ichs nie gehört.

Jean. Greck, David, Greck! — Sieh, Greck David! — Greck! — Du weißt doch, was der Stein der Weisen ist?

David. Gar nicht.

Jean. Gold machen.

David. Und Goldmachen ist Greck?

Jean. Richtig. Denn die Grecks, diese grossen Genies haben vermöge der Karten, den Stein der Weisen gefunden. Ein Greck ist ein grosser Mann, er zieht dem Dummkopf — alles ist Dummkopf, David, was nicht Greck ist — und den Dummkopf zieht der Greck aus, wann er will, und ohne das er's merkt. — Du bist doch ein Philosoph, David?

David. Nein Jean, ein Schwabe.

Jean. So höre! Du weißt doch, daß die Ungleichheit der Güter, die Quelle alles Unglücks auf Erden ist? — daß du ein armer Teufel bist, und ein andrer im Golde bis über die Ohren sitzt?

David. Nu —

Jean. Ein Greck ist der Mann, der diese Gleichheit der Güter wieder einzuführen sucht; der das Geld roulliren macht, der die aufgesparten Schätze der Geizhälse unter die Leute bringt, indem er sie den Erben abgewinnt. Kurz, ein ausserordentlicher Mensch, für den es keine Gesetze, und Vorurtheile giebt, und so einer sollst du durch meine Lehren werden, David.

David. Und alles, was nicht Greck ist, heißt Dummkopf?

Jean. Ja. Nun laß uns erst theilen, denn sprech ich weiter.

David. Theilen?!

Jean. Natürlich! Jeder Greck muß mit dem andern theilen.

David. Aber wenn du gewinnst, theil ich doch auch?

Jean. Das versteht sich. (indem sie theilen, bestiehlt ihn Jean). Mein Seel, wenn nicht wenigstens 10 der größten Grecks hier in Karlsbad sind. Alles Leute von Stand und Qualität, die ihren grossen Anhang in der ganzen Welt haben. Da kömmt dir einer unter sie, weiß nicht wie — wird auf die honetteste Art ausgezogen, weiß nicht von wem. Da werden Partien gemacht, gegessen, getrunken, und alles getrieben, was die Simpel kizelt und fängt. Das ist die gemeine Facon, über die der Marquis weg ist. Was aber

aber die feine ist, David, die zu riechen bin ich oft selbst zu dumm, und hab' doch ein hübsch Stück Erfahrung vor mir. Das scheint dir mit dem Teufel zuzugehen!

David. He Jean, mit dem Teufel?

Jean. Ganz gewiß. Nun laß uns sehen, was unten passirt.

David. Mach' nur, daß ich auch bald mit dir theilen kann.

(sie gehn ab.)

Ende des ersten Aufzugs.

Zweyter Aufzug.

Erster Auftritt.

Ein grosser Garten Saal. Auf der Seite ein Pharaotisch, hinter welchem der Marquis sitzt und taillirt. Pointeurs. Im Grunde gehn verschiedene auf und nieder. Stahl spricht mit Braun. Karl sieht dem Spiele zu. Balluzo und Dorvall gehn auf und nieder, ohne Theil am Spiele zu nehmen. Der erste Theil der Scene während des Spiels geht langsam. Frik pointirt und giebt auf die Spieler Acht.

Stahl. (zu Braun.)

Gott weiß, ich hätte den windigten Purschen nicht für meinen Sohn erkannt, so verändert ist alles an ihm! — der Betrüger!

Braun. Sie vergessen sich! — Geduld! —

Stahl. Wo hernehmen die Geduld? — Sieh, sieh Braun, er lächelt! — Bey meiner Seele, ich kenn ihn an dem Lächeln. Er ist mein Sohn, Braun — Das Lächeln hat ihn meinem Herzen verrathen. Der Spitzbube! muß er itzt lächeln,

lächeln, da ich ihn zum erstenmal wiederseh! Wo soll ich Zorn hernehmen, Braun? Es ist kein solcher Junge in ganz Franken, ein guter Jäger und ein Reuter voll Muth, und wie aufs Roß gewachsen. — Der verwünschte Einfall, ihn so früh aus den Händen zu geben. Ich sag' dir Braun, ein guter Jäger, ein kekker Reuter muß immer ein braver Kerl werden, denn zum Muthe gesellen sich alle Tugenden. Karl ist ein Poltron, der noch keinen Fuchs geschossen hat.

Marq. Tout va! — Ich bedaure meine Herren, diese Taille war zu vortheilhaft für mich. Ich schäme mich mit so vielem Glücke gegen Sie zu spielen. — Roi & le trois!

Stahl. Wahrhaftig, seine Stimme ist noch eben so einschmeichelnd wie sonst, Braun. — Ich seh' auch gar keine Gierigkeit in seinen Blicken, wie bey den andern.

Braun. Er ist seiner Sache gewiß.

Stahl. Meinst du? — das Wetter! zieht er all das Gold! — Sieh die Verzweiflung in jenes jungen Kerls rollenden Augen. Bey Gott! ich will den Betrieger bey den Haaren wegziehen, er macht die Leute unglücklich.

Braun. Wollen Sie sich beschimpfen?

Stahl. O, daß ich in meinem Forste wäre, und das nicht sähe!

Zwey=

Zweyter Auftritt.

Vorige, Kapitain von Horsten.

Kapit. Gehorsamer Diener, Herr van Vielden.

Stahl. Sie halten mir doch Wort, Herr Kapitain?

Kapit. Auf Ehre. Das Fräulein befindet sich doch wohl?

Stahl. O ja.

Kapit. Darf ich sie nicht bewillkommen?

Stahl. Zu viel Ehre!

Kapit. Lassen Sie sich erbitten —

Stahl. Herr Kapitain! über den Punkt hab' ich mich für ein und allemal erklärt.

Kapitain. (mit äusserstem Verdruß) Gut. (geht nach dem Spiele) Ich weiß nicht, was der Alte vorhat! Sophie hat mir Wort gehalten, aber sein Eigensinn ist mir der nehmliche. So will ich denn das letzte wagen, und wie ein Narr enden. (er nimmt Karten und spielt.)

Stahl. Sieh, da zieht er wieder alles Gold. — O verflucht! ich möchte — ich kann nicht länger bleiben, und das gelassen ansehn. (geht ab.) (Balluzo und Dorwall nähern sich. Ihre Unterredung ist leise, und sobald sich jemand naht verändern sie den Ton.)

Balluz. Jener Mensch im rothen Kleide, mit der reichen, satten Miene, ist eine Partie aufs Zimmer; ich seh's ihm an und steh dafür. — Man sagt der Chevalier d'Estaing geht wieder nach Madrit.

Dorv.

Dorv. Es ist möglich, aber ich zweifle doch — Du hast den Mann gut taxirt, er ist etwas brüsk. Ein schöner Ring, auf Ehre! reines Wasser — ich schätze ihn 500 Dukaten. Der Marquis taillirt heute vortreflich, und hält die Spieler in gutem Humor.

Balluz. Den jungen Fat dort, der mit allen Fingern in seinen Taschen spielt, daß man seine Dukaten höre, kann man haben, wenn man will. Der letzte Verlust der Franzosen soll beträchtlich seyn.

Dorv. Ich bin dennoch gutes Muths — In Gibraltar soll grosser Mangel an Victualien seyn.

Balluz. Jenes Narren wesenloses Auge wartet nur auf Gelegenheit sein Gold mit Gloire fliegen zu sehen.

Dorv. In Amerika giebt's nichts Neues. Was sagst du zu jenem jungen Karl dort, der des Marquis Dukaten so begierig fixirt? (er zeigt auf Karln.)

Balluz. Ein wiedriger Bursche, ich wollte wetten, er faßt einen Anschlag auf unser Geld. — An den Frieden ist gar nicht zu denken. — Mach' dich an ihn Dorvall; er gehört zum Holländer, wie mir Frik sagte. Such ihm eine Partie gegen den Marquis vorzuschlagen, er beißt gewiß an.

Dorv. Ich glaube, wir sind weiter vom Frieden, als jemals.

Balluz. Jener Schwarzrock mit dem Degen scheint mir eine reiche Erbschaft gethan zu haben.

Dorv.

Dorv. Du hast es getroffen, er soll sie in Turin heben. Hier ist ihm nichts abzunehmen; er hat kaum zu reisen, wie ich ihn aushorchte. Doch wär's eine Spekulation.

Balluz. Gieb ihm Briefe an Sandini mit, daß er seine Erbschaft mit ihm theile.

Dorv. Der Marquis hat die Bank tripplirt.

Balluz. Ich will gehen, und eine Handvoll Dukaten aus der Bank gewinnen; du sollst sehen, wie der junge Bursche Feuer fangen wird.

Frik. (kommt vom Spiel, und sagt ihnen etwas ins Ohr, indem er auf Karln zeigt.)

Balluz. (geht zum Spiel.)

Dorv. Wär' etwas mit dem Marquis anzufangen, wir wollten uns bald dem eisernen Joche Balluzzos entziehn.

Frik. Eine edle, großmüthige Seele, der Marquis! Man sollte sagen, er spiele nur, um den Reichen das Geld abzunehmen, und armen Teufeln auszuhelfen; aber Balluzzo schindet uns zusammen, und geht es aus Theilen, so scheint ihm jeder Dukaten am Herzen zu kleben. Hm! verdient etwa unsre Kunst nicht die nemliche Belohnung? Müssen wir nicht, wie Doktor Fausts Teufel, Tag und Nacht auf den Beinen seyn? Müssen wir nicht die Narren, die Stolzen, die Dummköpfe streicheln; mit Eigenliebe kitzeln, bis wir sie im Garn haben? Und was für Kopfbrechen kostet es, einen klugen Karl zu fangen! wie viel Beugungen, List, Ränke, Maske und Heucheley ihn so weit zu bringen, daß wir sagen können:

gen: wir haben den Gimpel gefangen, rupft ihn! Ist's etwa nicht schwerer den Vogel in die Falle zu locken, als ihm in der Falle die Flügel zu stutzen? — Für alles das heissen wir nur Aftergrecks. Wir sind die Hunde, Dorvall, die das Wild jagen, und wenn die Jäger schmausen, lassen sie uns vor der Thüre heulen.

Dorv. Alle die Gimpel, die du um des Marquis Spieltische siehst, hab' ich mit meiner Zunge herbeygelockt.

Frik. Könnten wir nur den Marquis mit dem Balluzo verhezen, und dann mit ihm allein nach London, oder sonst wohin ziehen. — Wenn er wollte — es wär' eine Freude, den alten Fuchs zu belisten. Es ist hier ein Greck, den Balluzzo nicht kennt; wenn sich der Marquis mit ihm vereinigen wollte, so giengen wir zusammen, und liessen Balluzzo sitzen, wie er's um uns verdient.

Karl nähert sich mit Braun.

Dorv. (indem er sie gewahr wird, laut) Was ist Ihr Verlust gegen den meinigen? Gestern ließ ich von einem Deutschen 200 Dukaten gegen die Bank verlieren. Der Marquis hat rasendes Glück, und wie man sagt, so versteht er nicht einmal das Spiel. Könnten wir mit dem Grafen Balluzzo dem großmüthigsten Spieler in einer hübschen Gesellschaft Moitié machen, so wär's etwas leichtes den Marquis zu sprengen. Man müßte aber eine Summe wagen.

Frik. Allerdings!

Karl. (zu Braun) Wahrhaftig, die drey Karten, die der alte Mann gewann, waren ganz

mit

mit Gold bedeckt, und der Bruder Marquis verzog gewaltig die Miene. Man sah, daß ein Verdammt! unter seinen Zähnen arbeitete.

Frik. Ja, der Graf Balluzzo ist unser Mann, durch den allein könnte der Marquis gesprengt werden, und wir zu unserm Gelde kommen.

Karl. Um Vergebung! ist das der Graf Balluzzo, von dem sie reden?

Dorv. Ja, Herr Baron. — Sie sind wohl noch nicht lange hier? wie finden Sie den Ort? Leider ist auch hier das leidige Spiel, der Stöhrer der guten Gesellschaft eingerissen. Ein Mann vom Stande und Geist, um sich kein Ridicule zu geben, ist gezwungen mitzumachen.

Karl. Man geht mit der Welt.

Frik. Vortreflich bemerkt!

Dorv. Ganz vortreflich bemerkt! — Ich für meinen Theil liebe das Spiel nicht.

Karl. So!

Braun. Das ist curios. Hm! ich lieb es wohl, wenn ich nur zu gewinnen wüßte.

Dorv. Wenn ich etwas wagen will, so geb' ich einem Mann, dessen Miene mich besonders frappirt, eine Handvoll Dukaten, und laß' ihn für mich spielen.

Karl. Da haben sie eine sonderbare Art.

Dorv. Es ist eine meiner Grillen. Nehmen Sie nicht ungütig, Herr Baron, Sie haben eine so geistriche glückliche Physionomie, daß ich kaum der Versuchung wiederstehen kann —

Karl. Wie meinen Sie das?

Dorv.

Dorv. Wollten Sie wohl die Gütigkeit haben, diese 10 Dukaten für mich auf eine Karte zu setzen; auf welche Sie wollen; aber ich bitte nicht ungütig zu nehmen —

Karl. Ihre Dukaten?

Dorv. Eine Kleinigkeit zum wegwerfen!

Karl. Aber auf Ihre Gefahr, Herr Baron?

Dorv. Was sprechen Sie von Gefahr?

Karl. Auf Ihr Risiko, mein' ich.

Dorv. Versteht sich. Machen Sie Paroli, treiben Sie's so hoch Sie wollen. Ich werde Ihnen immer dankbar seyn, denn ich will nur sehen, ob ich mich in Ihrer Phisionomie geirrt habe.

Karl. Wenn Sie's so befehlen —

Braun (leise zu Karl) Geh Karlchen, aber setz ja nicht auf die Dame; es ist kein Glück mit; und steck etwas beyseite für deine Mühe, das wollen wir nachher theilen.

(Indem Karl zum Spiel geht, giebt Frik dem Grafen Balluzzo einen Wink, dieser dem Marquis.)

Dorv. Hab' ich je ein edles glückliches Gesicht gesehn, so ist's dieser junge Herr! nicht wahr Chevalier? Ich wünschte ihm etwas angenehmes erzeigen zu können.

Braun. Das wird dem jungen Herrn viel Ehre seyn.

Dorv. Kennen Sie ihn?

Braun. Ob ich ihn kenne? Orest und Pylades wir beyde. Es ist ein braver Junge, und hat was hübsches zu hoffen.

Dorv. Er scheint sehr klug und nachdenkend.

Braun.

Braun. Er macht meiner Zucht Ehre. In den Jahren, wo andre Bursche ihr Geld für Hunde, Pferde und Mädchen verschlampampen, machte er sich ein hübsch Kapitälchen von seinen Spargeldern, und ließ es brav arbeiten, und durch Interessen vermehren.

Frik. Das nenn' ich Conduite!

Karl ruft Dorvalln zu. Die Zwey hat gewonnen!

Dorv. Paroli au meme, mon cher!

Karl. Sonica gewonnen! — soll ich mich retiriren mit den dreyßigen?

Dorv. Alles auf eine Karte, mon cher Baron!

Braun. Der Teufel! der Junge hat eine glückliche Hand; ich versichre Sie, was er anrührt, wird Gold.

Dorv. Auf diese Art muß der Herr Baron eine schöne Börse zur Reise haben, womit er sich hübsche Kenntnisse erwerben wird.

Braun. Das denk' ich. Netto 500 Dukaten hat er sich erspart.

Karl. Gewonnen! gewonnen! (er streicht sein Geld ein, und läuft zu Dorvalln.) Da sind 60 Dukaten, was sagen Sie nun?

Dorv. Daß ich mich in meiner Ahndung nicht betrog. Glauben Sie mir, es ist viel Bestimmung beym Spiel. Ich danke Ihnen, und da heute eine berühmte Sängerinn hier ankömmt, die sich bey mir auf dem Zimmer unter guten Freunden wird hören lassen, so wollen wir die 60 Dukaten verschmausen, und Ihre Gegenwart wird, wie ich mir schmeich-

schmeichle, dieses Soupee verherrlichen. Vergessen Sie nicht Ihren Freund mitzubringen.

Karl. Viel Ehre!

Braun. Gehorsamer Diener!

Dorv. Auch Ihre Phisionomie ist sehr einnehmend, und Sie sind überdieß ein Mann von Erfahrung und Kenntniß.

Braun. Gehorsamer Diener! (für sich) Sechzig Dukaten verschmausen! Sapperment, da wird's hoch hergehn. — Ich will das Meinige thun.

Karl. Sie sagten vorhin —

Dorv. Was?

Karl. Wenn man mit dem Grafen Moitié machte, so könnte man leicht eine ansehnliche Summe vom Marquis gewinnen — ich möchte selbst einen kleinen Theil —

Dorv. Da kömmt er eben —

Balluz. Mit Vortheil zurückgezogen! — Des Herren Glück müßte man haben, um den Marquis zu ruiniren.

Dorv. Eben sprachen wir davon. Wie wär's Herr Graf, wenn wir eine Summe zusammen wagten! Der Herr Baron wollen mit von der Partie seyn.

Balluz. So sey der Himmel dem armen Marquis gnädig! — Wenn ich nur Zeit dazu finden könnte.

Dorv. Speisen Sie diesen Abend mit mir, Herr Graf, da wird sichs schon finden.

Marq. Jeu fini, Messieurs, und Revenge, wann's gefällig.

(Die

(Die Gesellschaft zerstreut sich.)

Kapit. (voll Verdruß wirft sich in einen gegenüber stehenden Stuhl.)

Dorvall. Laßen Sie uns eine Tour im Garten machen, meine Herren, und weiter davon reden.
(Balluzzo, Frik, Dorvall, Karl, Braun gehn ab.)

Dritter Auftritt.
Kapitain, Marquis.

Marq. Sie haben verloren, Herr Kapitain?

Kapit. Zu dienen, Herr Marquis, ich habe verloren.

Marq. Sie thaten Unrecht.

Kapit. So?

Marq. Sie verloren schon gestern sehr viel, und Leidenschaft für's Spiel taugt nichts.

Kapit. Sie sagen mir da viel Neues.

Marq. Desto schlimmer, wenn's Ihnen etwas Altes ist.

Kapit. Ich wollte verlieren.

Marq. So bin ich Ihnen gar noch Dank schuldig. — Aber glauben Sie mir, hier nutzte Ihre Freygebigkeit nichts. — Laßen Sie uns frey mit einander reden — mich deucht, lieber Kapitain, Sie spielen hier in Karlsbad auf eine wakre Soldatenart, der in einem Augenblick alles wagt. — Das ist brav; denn, daß ein Mann wie Sie aus Gewinnsucht spielen sollte, glaub ich nicht.

Kapit. Ich war ein Narr!

Marq.

Marq. So närrisch es aussieht, so liegt doch nach meiner Ahndung etwas darunter verborgen, daß Ihnen, ich wollte wetten, Ehre macht.

Kapit. Es steht Ihnen frey auf meine Kosten zu lachen; Sie haben mein Geld.

Marq. So rauh und rasch! — ich lasse Ihnen so viele Gerechtigkeit wiederfahren, und Sie legen mir die niedrigste Empfindung bey.

Kapit. So muß ich Ihnen denn sagen — kurz ich rechnete auf keine Unterredung mit Ihnen.

Marq. Sie gefallen mir, ich liebe Leute Ihrer Art, die Muth genug haben, alles in einem Augenblick zu wagen, wo die Seele gedrungen von Widerwärtigkeiten, den Ausgang dem Zufall überläßt. Besser untergehen, als schwächlich herumtaumeln! — Ist das nicht deutsch gedacht?

Kapit. Und wozu soll's?

Marq. Darum nicht verzagt!

Kapit. Keineswegs, mein Herr! ich balge mich nicht zum erstenmal mit dem Glück herum.

Marq. Auch ich weiß, was steigen und fallen ist. Sie sprechen mit einem Menschen, der der hämischen Göttinn Tüke kennt. — Drum machen Sie mich mit Ihrem Verdrusse bekannt, vielleicht kann ich helfen.

Kapit. Ich will meinen Verdruß einpacken, und davon ziehn.

Marq. Das säh' ja einer Flucht ähnlich, und ein Deutscher hält Fuß in jedem Kampf. — Lassen Sie mich immer hören, wie Ihr Verdruß aussieht.

Kapit. Sonderbarer Mensch. — beynahe sollten Sie mich überreden, es wäre mehr als Neugierde.

Marq. Versuchte Leute finden sich sonst leicht in einander —

Kapit. Um sich desto geschwinder zu meiden.

Marq. (hält ihn zurück) Auch Leute von Gefühl und Theilnahme?

Kapit. Sie verwirren mich. — Nun — ich war Geck genug mir einfallen zu lassen, ein Mädchen heyrathen zu wollen, das bei aller Schönheit, Witz und Munterkeit keinen andern Fehler für mich hat, als daß sie reich ist.

Marq. Der Fehler ist doch noch leidlich.

Kapit. Bey uns schmilzt der Glanz des Goldes bey dem Glanz der Ehre. — Ich halte beym Vater um das Mädchen an, der Vater glaubt, ich wollte an sein Geld, und giebt mir einen Korb. Das dummste bey der Sache ist, daß ich immer noch in das Mädchen verliebt bin. Vor einiger Zeit kriege ich Briefe, der Vater würde mit der Tochter hieher reisen — ich eile was ich kann — das übrige wissen Sie.

Marq. (hält ihn) Noch ein Wort. Der Vater ist hier?

Kapit. Mit der Tochter.

Marq. Kapitain! — das Mädchen ist Ihre.

Kapit. Soll ich lachen?

Marq. Das werden Sie. Wie heißt der Vater?

Kap.

Kap. — Van Vielden.

Marq. Der Holländer gegenüber?

Kapit. Eben der.

Marq. Gut. Wie ist der Mann sonst?

Kapit. Ehrlich und grade.

Marq. Spielt er?

Kapit. Zu Zeiten, doch ohne Leidenschaft.

Marq. Trinkt er?

Kapit. Er hat seine Perioden, und grossen Enthusiasmus für Rheinwein. — Ist Ihre Neugierde nun befriedigt?

Marq. Vollkommen; und Ihre Wünsche will ich befriedigen. Die Tochter ist Ihre, Kapitain! Ich will sie dem Vater im Spiel abgewinnen.

Kapit. Sie sind sehr aufgeräumt!

Marq. Weil ich Ihnen dienen kann; denn was ich für so wackre Leute thue, wie Sie, gelingt mir immer.

Kapit. Sie sind ein sonderbarer Mensch! — Doch meine Zeit ist kostbar; ich will versuchen, ob ich dem Mädchen nicht unter die Augen kommen kann.

Marq. Küssen Sie sie in meinem Namen als Braut. Hören Sie lieber Kapitain! (indem er sein Geld einzieht) wollten Sie mir nicht die Hälfte von diesem Gelde abnehmen? Ich will gelegentlich darnach schicken; es fehlt mir an Platz in meinen Taschen.

Kapit. Marquis! ein guter Soldat hat für nichts Platz, als die Ehre. (er geht ab.)

C 4 Vier-

Die falschen Spieler,

Vierter Auftritt.
Marquis.

Marq. (er steckt das Geld in einige Börsen) So fühlt ich auch, als ich diesen Rock trug, und war so glücklich in diesem Traume — Doch, laß uns auf Mittel denken, dem wackern Manne zu helfen. (er geht ab.)

Ende des zweyten Aufzugs.

Dritter Aufzug.

Von Stahls Zimmer.

Erster Auftritt.

Karl, hernach Braun.

Karl. Ja, so geht's, so muß es gehn. — Der Alte ist zu weichlich; eine einzige Unterredung — so wäre der Bruder Marquis wieder oben drauf.

Braun. Da bin ich Karlchen, und da sind meine 50 Kremnitzer. Aber Karl, ich bitt' dich um Gotteswillen, hab's Auge auf's Geld. Es ist mein sauer erworbner Schweis! Nie wagt' ich etwas im Spiel, nur dein glücklich Gesicht, das der vornehme Herr gleich erkannte, und die 50 Procent konnten mich zu diesem Schritt verleiten. — Sieh, alle meine Dukaten sind schön und wohl gerundet; bey meiner Seele, ich nehme keine andre zurück. Kein Strich darf fehlen, merk' dir's. Ich könnte Aggio drauf bekommen, wo ich wollte, wär' ich habsüchtig. Ich könnte also auch von dir das Aggio begehren, aber Pfui fürm Juden!

Karl. Du sollst's Aggio haben, Braun!

Braun. Brav! und 50 Procent —

Karl. Und 50 Procent.

Braun.

Braun. Brav! Vergiß aber aber auch unsern andern Accord nicht — wir wollen ihn lieber schriftlich aufsetzen.

Karl. Unnöthig, ich weis ja —

Braun. Nein, nein, besser ist besser. Wie bald verliert der Mensch sein Gedächtniß. Für meine Verschwiegenheit versprichst du mir — Erstlich alle Jahr 100 Thl. Zulage aus deiner Börse, Zweytens alle Jahr ein Kleid, von welcher Farbe ich will, und Ermel in der Weste, vom nemlichen Tuch, und die Thaler auf Reichsfuß.

Karl. Gut, gut — Nun will ich dir ein Projekt mittheilen —

Braun. Ein Projekt? laß hören!

Karl. Ein Projekt, meinen Bruder Marquis über Hals und Kopf aus Karlsbad zu treiben.

Braun. Nun?

Karl. Seines Geldes sind wir, wie du siehst, gewiß.

Braun. Wenn er nur nicht zu früh aufhört!

Karl. Das wär' freylich übel! — hm! ich denke nicht. Wenn wir ihm nun das Geld abgenommen haben, will ich dem Grafen oder Baron heimlich stecken, des Marquis Vater sey hier, und woll' ihn arretiren lassen.

Braun. Blitz Junge!

Karl. Und ins Zuchthaus sperren; ich wette, er macht sich bey Nacht und Nebel davon.

Braun. O schön!

Karl. Komm itzt mit zu dem Baron, und nach dem Essen schleich dich fort, und lüg dem Vater vor, ich wäre zu Bette. Morgen früh sollst

du

du deine Dukaten schon mit den 50 Procenten wiederhaben.

Braun. Morgen früh erst? Nein Karl, das ist nichts. Wenn der Vater zu Bett ist, komm ich wieder. Noch heute muß ich meine Kremnitzer wieder haben; ich könnte sonst nicht ruhig schlafen.

Karl. Funfzig Procent, und s'Aggio, Braun!

Braun. Blitz Junge! — aber noch heute.

Karl. Nun je, komm nur!

Braun. Vergiß nicht Karl; 50 Kremnitzer, funfzig Procent, und das Aggio. (sie gehn ab.)

Zweyter Auftritt.

Kapitain, Sophie.

Soph. Vortreflich Kapitain, er will mich ihm abgewinnen! Der Marquis Bellfontaine will mich für Sie meinem Vater abgewinnen! o ganz vortreflich!

Kapit. Nun wahrhaftig, Sie nehmen das Ding, das ich Ihnen als einen Spaß erzählte, auf eine sonderbare Art.

Soph. Spaß! Der Himmel gebe, daß es mehr sey! — Sie glauben nicht, wie viel Freude mir der Einfall macht. Mich, ihm abgewinnen!— Sie wissen doch gewiß, daß er Bellfontaine heißt?

Kapit. Ich schwör' Ihnen, ich begreife weder Sie, noch Ihren Vater.

Sophie. Müssen Sie denn alles begreifen? Begreif' ich denn, wie es kömmt, daß ich einen so

falkalten, zänkischen, närrischen Mann lieben mag, wie Sie sind?

Kapit. Setzen Sie immer dazu: armen Teufel.

Sophie. Pfui Kapitain! Wenn Sie's so treiben, könnt' es mir leicht einfallen, von Ihrem Marquis mir das Geld abgewinnen zu lassen, um Ihnen gleich zu seyn; zum Glück bin ich nicht Herr darüber.

Kapit. Von Ihrem Marquis! Wissen Sie denn nichts zu nennen, als diesen Marquis? Ich träumte, die schönsten Stunden mit Ihnen zuzubringen, und der verwünschte Marquis —

Soph. Wie Kapitain, der Mann, der Ihr Glück machen will? —

Kapit. Er, mein Glück machen? — auf solche Art? —

Soph. Warum nicht?

Kapit. Fühlen Sie denn nicht, daß es gegen die Ehre — doch, daß ich nur von einer solchen Fraze reden mag!

Soph. Sie sollen davon reden, davon träumen, daran glauben, und mich so zur Frau kriegen.

Kapit. Man kömmt!

Soph. Hören Sie denn nicht, daß es leise Mädchentritte sind?

Dritter Auftritt.

Vorige. Juliette.

Juliette stürzt herein, da sie den Kapitain gewahr wird, sucht sie sich zu mäßigen.

Soph.

Soph. Tragen dich Amors Fittige Kind, daß du so leicht daher fliehst?

Jul. O Sophie! (leise) Er ist da, dein Bruder ist da! ich hab' ihn gesehen — mein Herz — ich fühle mich kaum mehr —

Soph. Was sagen Sie nun Kapitain? Der Marquis ist wirklich bey meinem Vater.

Kapit. So will ich gehn, und Ihren Vater für ihn warnen.

Soph. und ich befehl' Ihnen, dazubleiben.

Kapit. Wie? Sie wollen Ihren Vater — Sie kennen diese Art Menschen nicht —

Soph. Sie noch weniger, sonst hätten Sie Ihr Geld nicht an ihn verloren.

Kapit. O Fräulein, ich war in einer Stimmung, da die kälteste Vernunft — Kurz, meine Ehre erlaubt nicht, Ihren Vater betrügen zu lassen —

Soph. Und meine Ehre erlaubt, daß er betrogen werde —

Kapit. Sie wollen —

Soph. Ja, ich will, ich will —

Kapit. Glauben Sie denn, wenn auch Ihr Herr Vater sich mit ihm einläßt, daß dieser Marquis Narr genug — daß ich niederträchtig genug —

Soph. Ich weiß, daß Juliette und ich aus Karlsbad bekannt reisen — das sey Ihnen genug. Machen Sie einen Spatziergang in den Garten, und fühlen Sie, daß die Reise nach den Bädern, ein Plan verliebter Mädchen ist! Geschwinde fort! Sehn Sie nicht, daß Juliette einer Ohnmacht nahe he ist, daß Sie mir ein Geheimniß zu vertrauen hat? Fort, fort!

Kapit. (geht ab.)

Vierter Auftritt.
Sophie, Juliette.

Soph. Nun Kind?

Jul. Ach! ich hab' ihn gesehen! er ist da! da! kann ich mit Stella rufen: Siehst du ihn Göttinn, er ist da!

Soph. O ich bitte dich, vergiß einen Augenblick deine Stella und deine Bücher, und fühle, wie Du kannst.

Jul. Er sieht noch ganz so lieb, ich mögte fast sagen noch interessanter aus, als damals, da ich ihn in Frankfurt sah. Er scheint mehr ausgebildet, mehr verfeinert! Diese Situation mußte ich erleben, um alles zu empfinden, was die Liebe unsern Herzen angenehmes und bitteres zu fühlen giebt.

Soph. Ist er beym Vater?

Jul. Wenn itzt Liebe und Reue ihn in meine Arme führen wird — ich werd' es nicht ertragen können.

Soph. Schwärmereyen! Das Ding wird ganz natürlich hergehn. Ich bitte dich, wenn du ihn siehst, so laß dein gutes Herz reden, und die Romanen schweigen. Wir gewinnen immer, wenn wir natürlich sind; und mir scheint, Bruder Franz hat zu viel im Buche der Welt gelesen, als daß er deine sentimentalische Sprache verstehn sollte.

Jul.

Jul. Wie kann man nur so kalt seyn!

Soph. Ist denn Phantasie, Gefühl?

Jul. Es versteht mich kein Mensch! — Ach, er wird mich verstehen.

Soph. Und wenn du so handelst, wird er dich zum zweytenmal betrügen, glaub' mir.

Jul. Um Gotteswillen! — Nein, das wird er nicht.

Soph. Wie betrug sich mein Vater?

Jul. Wie kann ich das wissen, da ich nur Franzen sah?

Soph. Sie kommen!

Jul. Laß uns fliehen!

(sie gehn eiligst ab.)

Fünfter Auftritt.

Stahl, hernach Sophie.

Stahl. (ganz verlegen) Was soll ich machen? Der Teufel widersteh' dem Jungen! hundertmal hab' ich's Herz auf der Zunge gehabt. Ich kann mich gar nicht verstellen; ich ersticke noch an der Zurückhaltung. Sophie! — Ich muß, ich muß reden! — Sophie! Der Teufelsjunge!

Soph. Papa!

Stahl. Wo ist Juliette?

Soph. Himmel! was ist Ihnen Papa? Sie sehen ganz bleich aus.

Stahl. Was bleich, was bleich! Der Taugenichts ist da. Wo ist Juliette?

Soph.

Soph. Sie sitzt drinnen, und liest in einem Trauerspiele in Versen.

Stahl. Denk' nur, dein Bruder Taugenichts hatte die Unverschämtheit zu mir zu kommen.

Soph. Und ist schon wieder fort?

Stahl. Nicht doch. Ich ließ' ihn mit seinem Gesellen allein, um mich zu erhohlen, und dich zu fragen, was ich machen soll. Ich bin beynahe an der Verstellung erstickt. Mein Seel, Sophie, er sieht noch ehrlich aus, spricht noch gut deutsch, der Windbeutel! als Marquis kömmt er daher gestiegen, zu mir, zu Vater Stahl!

Soph. Sie können ihn ja um so leichter ausforschen.

Stahl. Was ausforschen! wenn ich ihn anseh, so fällt mir immer seine Jugend ein; ich seh dann nur meinen Sohn in ihm, und vergeß den Abendtheurer, den Marquis und den Spieler. Was soll ich machen, um fest gegen ihn zu seyn? Wüßt' ich, daß sein Herz aussähe wie sein Gesicht; ich wollte nicht viel Gezier mit ihm treiben. — Was soll ich thun?

Soph. Wissen Sie was, Papa, spielen Sie mit ihm; dabey können Sie ihn ausforschen, und verrathen sich nicht so leicht.

Stahl. Du hast Recht. Aber Sapperment, wenn er mich betrügt, so schlag ich ihn hinter die Ohren.

Soph. Ich zweifle, daß Sie etwas merken werden — und gesetzt auch, so bedenken Sie, daß Sie an Ihrem Sohn verlieren.

Stahl.

ein Lustspiel.

Stahl. Nein, nein, betrügen laß ich mich nicht. Kann er mir ehrlicher Weise etwas abgewinnen, so mag er's behalten — aber bey meiner Seele! —

Soph. Lassen Sie ihn nicht so lange warten, Papa, er möchte fortgehn.

Stahl. Ich will ihn gleich hohlen; laßt Euch nur nicht sehen.

Soph. (ruft ihm nach) Spielen Sie aber recht hoch, Papa, desto offenherziger wird er werden. — Ob die Liebe diesen Betrug rechtfertigt? — warum nicht, da es nicht anders als gut ausgehen kann. (sie öfnet das Kabinet.) Juliette, Juliette! deine Augen ans Schlüsselloch, Franz kömmt auf den Flügeln der Spielgöttinn.

(sie geht ab.)

Sechster Auftritt.

Stahl, Marquis, Frik.

Stahl. Nur hier herein, meine Herren! (für sich) Ich darf ihm nicht in die Augen sehn, so sitzt mir das Herz auf den Lippen. (laut) Also auch in Deutschland gewesen, Hr. M — (für sich) verwünschter Marquis! — (laut) Nehmen Sie's nicht übel; Sie haben da einen so langen zierlichen Namen, der gar nicht in meinen Kopf will. Wir sind so grad' aus am Rhein.

Marq. Am Rhein? — ich hielt Sie für einen Holländer, Herr van Vielden.

D   Stahl.

Stahl. Ein Deutscher — vom Rhein — etablirt in Holland — wie's so kommt —

Marq. Ein vortrefliches Land! Ich bin auch am Rhein gewesen, und hab' Ihre herrlichen Weine gekostet. Mich wundert nicht, daß die Leute so bider und grade sind; der Rheinwein stärkt Herz und Geist.

Stahl. (für sich) Hm! es ist noch immer der alte Junge. (laut) Hans! Hans!

Siebenter Auftritt.

Vorige. Hans.

Stahl. Geh Hans, hohl einige Flaschen mit Zettelchens! — Sie sollen ihn kosten.

Hans geht ab.

Stahl. (für sich) Nein, der Junge ist nicht ganz verderbt! — (laut) Sie sollen ihn kosten, ein trefliches Glas, vom ächten, schwer von Feuer und Geist, auf der Zunge voll Kraft.

Marq. Es geht nichts über Rheinwein und einen Deutschen.

Stahl. Sie sprechen nicht vom Herzen mit Ihren französischen Namen.

Marq. Doch! und kennt' ich keinen Deutschen, als Sie — Ihr Wesen und Art würde mich von meiner Meinung überzeugen.

Stahl. (für sich) Er wird mich an seinen Hals reden, eh ich's denke. (laut) Gehorsamer Diener! ich will's so gelten lassen, denn auf Kompliplimente weiß ich nichts zu antworten, als daß ich für den, der sie mir macht, roth werde.

Achter Auftritt.

Vorige. Hans mit Wein und Gläser.

Stahl. (schenkt ein.)

Marq. (leise zu Frik.) Nun ist er auf gutem Wege.

Stah. (reicht dem Marquis ein Glas, und nimmt das seinige.) Alle Herzen, die so ächt, rein und deutsch sind, wie dieser Wein im Glase! — (zu Frik) Bedienen Sie sich!

Marq. Alle, die Ihnen gleichen, Herr van Vilden!

Stahl. Gehorsamer Diener! — (für sich) Als wenn ich berauscht wäre, so treibt mir's nach nach dem Kopfe.

Marq. Ein unvergleichlich Glas Wein!

Frik. Göttlich!

Stahl. (der immer einschenkt) Sie sind wohl viel in der Welt auf und abgereist?

Marq. So etwas, um zu sehen, wo man wohnt, und mit wem man lebt. Wie will man sonst die Menschen kennen lernen?

Stahl. Gut, allgut! Ich bin ein einfältiger Mann, und so denk' ich, daß das Welt auf, Welt ablaufen, das Menschen kennen lernen — unser Herz stark austrocknet.

Marq. Aber der Verstand gewinnt.

Stahl.

Stahl. Freylich, freylich; aber, ob wir so recht im Grunde gewinnen — Mich deucht, es ist doch ganz gut, ein frisches Herz, wenig Zweifel, und viel, viel Glauben ans Gute zu haben.

Marq. (zu Frik) Quelle Radoterie!

Stahl. Vergessen wir Vater Rhein nicht. — (stößt an) Ihre Familie! — Sie müssen meine Vertraulichkeit der Badefreyheit zuschreiben, so wie ich Ihren Besuch. Also Ihre Familie! — (springt auf) Sie stoßen nicht an?

Marq. Ich wollte Ihnen danken, wenn ich welche hätte.

Stahl. Unglücklicher! Sie hätten keine Familie? keinen Menschen, dem Sie noch angehn! (für sich) Er wird mich toll machen!

Marq. Freylich verlier' ich viel.

Stahl. Nichts am Leben? — Keinen armen Vater, den Sie verließen, um sich in der Welt an fremde Menschen zu hängen?

Marq. Ich bin vergessen, und habe vergessen.

Stahl. (springt auf) Vergessen! — Nur einen Augenblick! — (geht ab.)

Frik. Ein närrischer Kerl!

Marq. Er gefällt mir doch.

Frik. Ich glaube, itzt ist's Zeit, ihn zu sondiren; ich will ihn gleich haben.

Marq. Laß mich nur machen, man muß ihn mit trocknen ungeschminkten Wesen in die Falle führen. Er ist ein Mann, der sein Herz in den Augen hat, und die gewinnt man mit Kürze und Treuherzigkeit.

Frik.

Frik. Wenn er uns nur nicht zu lange aufhält, daß wir zu rechter Zeit zu Dorvall kommen, um seinen Pinsel von Sohn, der sich Baron nennen läßt, zu pflücken.

Marq. Wie hoch taxirst du den Burschen?

Frik. Auf 5 bis 600 Dukaten.

Marq. Auf alle Fälle ist mir der deusche Holländer wichtiger.

Stah. (kömmt wieder) Also Sie sind vergessen, und haben vergessen!

Marq. Herr van Vielden! bey diesem vortreflichen Weine muß man nicht von unangenehmen Dingen reden. Bey Gelegenheit will ich Ihnen die Geschichte meiner Jugend erzählen. — Ich will Ihnen lieber eine Gesundheit zubringen — Alle Deutschen! (stößt an)

Stahl. Und alle Jäger! — Sie sind doch einer?

Marq. Von ganzer Seele.

Stahl. Giebt's hier etwas?

Marq. O ja, und wenn Sie Liebhaber sind, so kann ich Ihnen durch meine Bekanntschaft dienen. Ich hab' einen Hund, der seines gleichen sucht. Eine Nase, Herr van Vielden, und steht, als wurzelte er in den Boden. Steht zu Diensten, sammt meinen Dänen!

Stahl. Junge, ich nehm' dich beym Wort. Wir wollen morgen jagen. (faßt ihn bey der Hand.)

Marq. Herzlich gern!

Frik. (leise zum Marq) Nun ist er warm.

Stahl.

Stahl. (für sich) Hätt' er den Druck meiner Hand erwiedert, so hätt' er mich fertig gemacht.

Frik. Wollen wir nicht gehn, Herr Marquis?

Stahl. Was? gehen, und sind noch an der ersten Flasche?

Marq. Es ist Zeit zum Spiel.

Stahl. Spielen Sie denn so gern?

Marq. Ich kann es leider nicht längnen, das Spiel ist zur Leidenschaft bey mir geworden.

Stahl. So bleiben Sie bey mir; ich bin auch ein Liebhaber —

Marq. Herr van Vielden —

Stahl. Nun? —

Marq. Die Partie, die ich verlassen soll, ist sehr intressant —

Stahl, Ey, meine Partie soll auch intressant werden. Ich habe Geld und guten Willen viel zu gewinnen. (für sich) Betrügt er mich aber —

Frik. (für sich) Er ist gemacht.

Marq. Das Vergnügen Ihrer Gesellschaft ist mir zu schätzbar — ich bleibe bey Ihnen.

Stahl. Kommen Sie in den Saal; die Zeit soll Ihnen nicht lang werden.

Marq. und Frik gehn voran.

Stahl folgt. Der Junge hat noch ehrliches deutsches Blut in seinen Adern. — Nun will ich ihn vollends erforschen. — Betrügt er mich aber im Spiel, so schmeiß ich ihm die Karten an den Kopf. (geht ab.)

Neun-

Neunter Auftritt.

Dorvalls Zimmer. Spieltische.

Balluzzo, Dorvall, Isabella, Karl, Braun, Gäste, Bediente.

Dorvall Ich wünsche, meine Herren, daß das Soupee nach Ihrem Geschmacke war. — Gebt Wein herum.

Braun. (berauscht) Es war vortreflich,

Dorv. Ich denke, wir wollen den übrigen Theil des Abends noch recht vergnügt zubringen. Was sagen Sie zum Gesang der Signora, Herr Baron?

Karl. Süß, gar honigsüß.

Braun. Ich sage, das Singen ist allgut, allsüß — He, he, Herr Wirth! wie nennen Sie diesen Wein, Herr Wirth?

Dorv. Tockay, mon Ami!

Braun. Tockay, monAmi, Tockay — He! (zum Bedienten) Setz mir das Fläschgen Tockay hieher. — (zu Dorvall) Ich sage, mon Ami — doch ohne die Signora zu beleidigen, mon Ami — Ihr Singen ist gut, aber der Tockay ist besser.

Karl. (leise zu Braun) Braun, du berauschest dich.

Braun. He, he, berauschen! Warum nicht Karlchen? Geht's nicht auf die Dukaten, die du gewonnen hast? Trink Wasser, liebes Karlchen, trink Wasser, und halt das Auge auf meine Dukätchens!

Mein Seel! ich will dir morgen eine ganze Flasche Tockay kaufen, auf meine Kosten, wenn du dich brav hältst.

Baluzzo. (zu Isabella) Den dummen Baron laß uns nur über, und halt' dich an die Fats.

Braun. Aber wo ins Teufels Namen bleibt der Marquis?

Karl. (leise zu Braun) Kannst du denn keinen Wein sehn, ohne dich zu prostituiren?

Braun. Was prostituiren — es geht ja auf fremde Kosten, Karlchen.

Karl. (leise) Mich machen der Signora Augen zum Narren, Braun.

Braun. Bliß Junge, ist's itzt Zeit zu den Augen? —

Dorv. Signora! Die ganze Gesellschaft ist tobt, seit Sie uns nicht mehr mit Ihrem Gesange bezaubern. Wollten Sie uns indessen, bis der Marquis kömmt, nicht eine kleine Bank halten, bloß zum Zeitvertreib? Aber, ich bitte, meine Herren, denken Sie, daß es bloß zum Spaß ist. Wollen Sie Signora? —

Isab. Wenn's den Herren Freude macht — (Man sezt sich zum Spiel.

Braun (leise) Spiel nicht gegen sie, Karl, ich halt' sie für eine Zauberinn. Sie behext dich, daß du deinen Verstand, und meine 50 Procent verlierst.

Karl. Ich müßte mich ja schämen, und der Marquis kömmt gleich.

Braun. Keinen von meinen Dukaten, halte sie alle gegen den Marquis auf. (Er sezt si*
zu*

zur Flasche und schleicht dann und wann zum Spiel) Tokay, mon Ami! — he, er wird mir ganz den Geschmack für Nekarwein verderben. (trinkt) Tokay! — hätt' ich doch nie geglaubt, so etwas zu trinken — und in so vornehmer Gesellschaft — Gehts gut, Karl? Was! schon 6 Dukaten? — Wenn's so geht, so setz einen von meinen; aber ich bitte dich, hab's Auge drauf. — Tokay, mon Ami! (er trinkt) Was es für Sachen in der Welt giebt! — für Dinge in Karlsbad giebt! — Als ich auf der Universität Leipzig war, und die Chirurgie studierte, hätt' ich nie geglaubt, daß es solche Dinge in der Welt gäbe — doch ist Merseburger Bier nicht zu verachten. Tokay, mon Ami! — Dukaten — 50 Procent — Aagio —

(Er schläft ein, der Vorhang fällt.)

Ende des dritten Aufzugs.

Vierter Aufzug.

Von Stahls Zimmer.

Erster Auftritt.

Karl, Braun.

Braun.

Gottlob, daß ich dich endlich finde, Karlchen! Ich hatte keine ruhige Stunde mehr! der verwünschte Tokay! — Nun, laß sehn! die Börse heraus, Junge! Meine 50 Dukaten, meine 50 Procente, mein Aggio — Hast du sie noch alle mit dem vollen hübschen Rande? Ich schwöre dir, ich nehme keine beschnittene, du hast Gewinnst genug; ich bitte dich, treib' den Geiz nicht so weit mit deinem Freund. Börse heraus! — wie viel gewonnen, Karlchen?

Karl. Braun!

Braun. Börse heraus!

Karl. Braun!

Braun. Hast du den armen Marquis ganz ruinirt? Du thatst Recht, Karlchen, wozu das Mitleiden? Ich denke, Karl, wenn du dich mit tausenden zurückgezogen hast, du könntest deines treuen

treuen Brauns Procente um einige erhöhen. Wie viel tausende, mein süsser Junge?

Karl. Keine tausende, mein lieber Braun?

Braun. Hast du ihm noch was zur Nachlese übrig gelassen? desto besser, er wird um so begieriger seyn, den Verlust wieder zu ersetzen. Gelt! meine Dukaten brachten Glück!

Karl. Braun!

Braun. Doch tausend und etliche hunderte? Sind's tausend und neun hundert, Karlchen?

Karl. Nein.

Braun. Ihr wart' zu großmüthig, ich merk' es schon. Also tausend, fünf hundert? — Doch eine hübsche runde Summe! — Sind's so viel?

Karl. Nein.

Braun. Dumm! daß Ihr Euch die Mühe zweymal nehmen wollt, ihn um sein Geld zu bringen! Also doch tausend, Karlchen? Hm! tausend sind nicht wegzuwerfen, und verdienen wohl, daß du deinem Braun noch ein paar Procente zulegst. Sinds volle tausend?

Karl. Nein.

Braun. Keine tausend? — Schäm dich Junge, in den Hunderten zu bleiben! — Tausend klingt so voll. Pfui, daß du dich so von deinem Bruder heimschicken läßt, und er hat Säcke voll. Willst du denn ein Jahr in Karlsbad sitzen, ihn zu ruiniren? — Nu, zähl' die neun hunderte nur auf — bey ihrem Anblicke wird sich mein Verdruß wohl legen. Du hast doch meine funfzig nicht darunter gemengt? — Neun hundert also?

Karl. Nein.

Braun.

Braun. Was, keine neun hundert! Ich sehe wohl, die Bruderliebe hat dich erwischt, und du dachtest nicht daran, daß er nur dein Stiefbruder ist. Nu, ich will tief, recht tief fallen — hast du 500?

Karl. Nein.

Braun. Nu, zum Wetter, so hätt'st du können zu Hause bleiben, wenn's keine fünfhundert sind. Von meinen Procenten geh ich nicht ab, und wann's nur hundert sind.

Karl. Braun, ich bin nicht werth den Tag zu sehn!

Braun. Was geht's mich an — Aber — was sagst du? Nicht werth den Tag zu sehen? — heraus mit meinen Dukätchen — meine Kremnizer heraus — Ich seh, du bist ein Geizhals, der seinem Freunde nichts gönnt!

Karl. Ich bin verloren Braun, ich bin der elendeste Mensch!

Braun. Verloren! was verloren? meine Dukätchen verloren? — Der Schlag trifft mich! Nein, es ist unmöglich, daß du deinen Freund so betrügen solltest! Es ist nur Spaß, nicht wahr, Junge? Zähl' auf Karlchen, zähl' mir meine Kremnizer auf. — Ach ich weiß wohl, das Gold ist der Dieb aller Freundschaft unter den Menschen. — Gieb her! — Nein, es giebt keine wahre Freundschaft — zähl' auf!

Karl. Braun!

Braun. Nu?

Karl. Deine Kremnizer —

Braun. Nu?

Karl.

Karl. Sind —

Braun. Nu —

Karl. Sind fort — alles, alles fort.

Braun. (sinkt in einen Stuhl) Der Schlag trift mich! All — all meine Kremnizer — all meine schönen Hühnchen, die ich wartete, pflegte — in einem seidnen Beutelchen trug, den mir Jungfer Plunse in Meissen strickte, und mich an meinem Namenstage damit anband — Alle fort! — Ich will dich für geistlich- und weltlich Gericht ziehn, du Beutelschneider! — Was ist Freundschaft! — Ich will beym hohen Magistrate einkommen. — Es war ein Darlehn, in aller Form Rechtens — Alle funfzig! — Ich will dich mit Prozessen zu Grunde richten — Alle funfzig! — blieb nicht einer von den Unglücklichen? —

Karl. Ich verlor 500, Braun.

Braun. Was schiert's mich? Nutzt mir's was? Ich bin des Todes! — ich will — zu deinen Vater will ich gehn, mich ihm zu Füssen werfen, ihm alles entdecken —

Karl. Bist du toll? bin ich nicht unglücklich genug? — Ach, die Signora!

Braun. Hab ich dies nicht gesagt, du Satan, sie würde dich behexen? — Ihr Gesicht entflammte dich, und sie entflammte das Gold; aber was soll mir das?

Karl. Mein Vater hat viel Gold bey sich —

Braun. Ein Grif hinein, ist zur Zeit der Noth billig.

Karl. Du sollst deine funfzig wieder haben, und fünf Procent, wenn du schweigst.

Braun.

Braun. Ich weiß, du bist ein guter Junge, Karlchen, aber sechse könntest du mir geben. Und sieh Karlchen, Sicherheit ist das beßte Pflaster für ein bekümmertes Herz — also gieb mir eine Verschreibung des Kapitals mit den 50 Prozenten. —

Karl. Bist du toll? nach meinem Verluste soll ich dir noch 50 Prozent geben.

Braun. Ach! die 50 Procente werden mir auf dem Todbette nicht aus dem Gedächtnisse kommen. — Nun, wenn du nicht willst — meintwegen! so setz zehn Procent, wie du sagtest! —

Karl. Mein Seel, Braun, ich sagte fünfe, mehr nicht.

Braun. Hohl mich der Teufel, du sagtest zehne? Ist denn kein Zutrauen mehr unter Freunden? oder hat dir dein erschrecklicher Verlust den Kopf verrückt? Denk' nur Karl, zehn für funfzig! — Kannst du subtrahiren? Ich wollte, ich hätte mein Lebtag nicht rechnen gelernt, ich wollt', ich wär' so dumm, wie ein Hottentot, und kennte keine Zahl, die sich über meine zehn Finger erstreckt, ich würde mein Unglück nicht so fühlen. Da kömmt Papa! zehne hast du gesagt Karl.

Zweyter Auftritt.

Vorige, Stahl (in Jagdkleidern.)

Stahl. Nun, bist du einmal sichtbar Karl?

Karl. Wie, mein Vater! in diesem Aufzuge? schon Jagd-Bekanntschaft hier?

Stahl.

Stahl. Freylich; ich will mit deinem Bruder jagen. Er hat einen treflichen Hund und kostbare Dänen. Ich schickte Hans heimlich nach dem Stalle, der Bursche kann sich nicht satt von den Rossen reden. Wir reiten zusammen hinaus.

Braun. (für sich) Der Teufel!

Karl. Sie haben also Bruder Franz gesprochen, und sich ihm entdeckt?

Stahl. Gesprochen, aber nicht entdeckt, darum such ich dich eben —

Karl. Ihn gesprochen —

Stahl. So gesprochen, Karl, daß er mir baares Geld und Wechsel abgewann —

Karl. Was? Ihnen? —

Stahl. Ich habe schon geschrieben; gieb mir unterdessen ein paar hundert Dukaten — ich weiß, du führst eine gute Börse.

Karl. Ha! so ist's nicht genug uns Schande zu machen, sollen wir auch noch durch ihn zu Bettler werden!

Stahl. Was?

Karl. Er betrog auch mich um all mein Geld.

Braun. (für sich) Und mich um meine Kremnizer.

Stahl. Er betriegt? das ist nicht wahr — ich hab' ihm verzweifelt auf die Finger gekuckt; aber rasendes Glück hat er, das ist wahr! — Warum hast denn du mit ihm gespielt? he, warum?

Karl. Um seinen Karakter näher kennen zu lernen, aber wahrhaftig die Neugierde kostete mich schwer Geld. Sie bleiben so kalt, mein Vater?

= Man

— Man muß Anstalt machen, man muß ihn greifen, sonst zieht er mit seinen Gesellen, und unserm Gelde davon.

Stahl. Das wär' also dein Rath?

Braun. Und auch der meinige — es schreyt um Rache!

Karl. Ich dachte, wie leicht thut man ihm Unrecht, und es ist Sünde, seinem Bruder Unrecht thun. Uns zum Besten wagt' ich mein Geld; ich sah, wie er betrug, und schwieg; aber daß er Sie nicht schonte, daß er auch Sie betrog — dabey kann ich nicht gleichgültig bleiben.

Braun. Viel verloren, Herr Baron? ein starkes Kapital?

Stahl. Halt's Maul! — Sapperment! betrogen hätt' er mich? betrogen? Der Teufel! und ich hab' mir beynahe die Augen aus dem Kopfe gestarrt — ich hielt's für Glück — Nun lacht mich der Galgenvogel wohl eben drein aus, daß ich so dumm war, und mich betrügen ließ!

Karl. Darinn steckt eben die stärkste Beleidigung, seinen leiblichen Vater als einen Dummkopf zu behandeln — das Geld wäre noch zu verschmerzen —

Stahl. Halts Maul! — (für sich) Er hat Recht! — Sapperment! mich wie einen Dummkopf zu behandeln! Was soll ich thun? — Ja, ich will mit ihm auf die Jagd — ich will jeden Winkel seines Herzens durchstöbern — Ist er ein elender Betrüger, der nicht zurück zu führen ist — freylich war's Raserey nach einem Abend-
theu-

theurer das Land durchzuziehn. (Karl und Braun reden heimlich miteinander.)

Dritter Auftritt.

Vorige, Kapitain. Sophie und Juliette (in Entfernung.)

Stahl. Wie Herr Kapitain? doch den Weg gefunden?

Kapit. Um ganz kurz zu seyn, Herr Baron! ich hab' hier gewisse Wechsel, die ich mir zahlbar machen könnte.

Stahl. Wechsel auf meine Ordres! Sie? —

Kapit. Sie sind noch nicht von lange datirt.

Stahl. Was, meine Wechsel! Wie Teufel kommen Sie dazu?

Kapit. Ganz natürlich. Sie spielten gestern mit einem gewissen Marquis —

Stahl. Aha! Und dem gewissen Marquis gewannen Sie sie wieder ab; ich weiß schon Herr Kapitain, daß Sie anfangen sich aufs Spiel zu legen.

Kapit. Weder eins noch das andre. Der Marquis betrog Sie gestern um Ihr Geld um meintwillen, ich durfte Sie aus gewissen Ursachen nicht warnen; aber es Ihnen wieder zuzustellen, wird mir niemand wehren.

Sophie. (tritt herein, und nimmt ihm die Wechsel aus der Hand.) Mir die Papiere Unbesonnener!

E   Stahl.

Stahl. (nimmt sie ihr wieder aus der Hand) Mir die Papiere, Unbesonnene! — (zum Kapit.) Betrog mich um Ihrentwillen, Kapitain?

Sophie. Ich muß Ihnen das Ding klar machen, Papa. Der Kapitain verlor sein Geld gegen einen gewissen Marquis —

Stahl. Sehr dumm!

Sophie. Verlor wie ein wackrer verliebter Mann, dem ich's Dank weiß, Papa. Der Marquis merkte es, sie wurden bekannt. Kurz, der gewisse Marquis erfuhr, daß der Kapitain Ihre Tochter liebte, die sie ihm, ich weiß nicht warum zu lieben verboten. Der gewisse Marquis hatte den edeln Einfall Ihnen eine Summe abzugewinnen, damit Ihnen der Kapitain, wenn Sie anders wollten, Ihre Tochter abkaufen könnte, die gar nichts weiter dawieder haben wird. Sie sehen, der Kapitain ist Pinsel genug, Ihnen die Papiere zu überliefern, ohne auf seinem Recht zu bestehn; aber ich hab' immer gehört, daß Großmuth, Großmuth anfeuert, wo auch nur ein Funken glimmt. — Ich will mich indessen in diesem Handel gar nicht mischen.

Stahl. Das that der Marquis?

Kapit. Ja! Herr Baron, er hielt Wort; aber ich bitte Sie, lassen Sie sich nicht durch diese Wechsel zu meinem Vortheil stimmen. Verdient' ich Ihre Tochter nicht vorher, so kann mir dieses keinen Werth geben.

Stahl. Wo ist mein Junge, wo ist mein Franz? Er ist noch der Großmuth fähig und ein großmüthig Herz vermag alles. Ich will ihn wieder aufnehmen — ihn als meinen Sohn umarmen — er soll mit mir nach Franken reisen, meine Füchse jagen, und meine Polacken reiten.

Sophie. Und der Kapitain, Papa!

Stahl. Ist dein Mann, so bald du willst.

Kapt. und Sophie küssen ihm die Hand.

Jul. Nun mein Vater? Welch ein edler Junge, mein Franz!

Stahl. Sieh nun, was du über ihn vermagst. Wahrhaftig, dein Roman scheint besser zu enden, als ich glaubte. Sie wissen doch, Kapitain, daß der gewisse Marquis niemand anders, als mein verlorner Sohn, Franz ist.

Kapit. Der Marquis ihr Sohn?

Stahl. Nichts mehr von Marquis! genug, er ist fähig einem braven Manne ohne Eigennutz zu dienen.

Vierter Auftritt.

Vorige, Hans.

Hans. Der Marquis Bellebondâne läßt sich melden. (geht wieder.)

Stahl. Er kömmt, mich auf die Jagd zu hohlen.

Jul. O mein Vater! lassen Sie mich die erste unerwartete Würkung auf sein Herz thun.

Stahl. Wieder ein Romanchen? daß sie doch immer etwas sonderbares suchen!

Sophie. Kommen Sie Papa, lassen Sie ihr immer die Freude!

Stahl. Aber nicht lange empfindelt, sonst pinselt Ihr mir die Jagd weg.

(Stahl geht mit Sophien und dem Kapitain ins Kabinet.)

Braun. Nun geht der Teufel los!

Karl. Laß uns überlegen, wie zu helfen ist! (geht mit Braun ab.)

Fünfter Auftritt.

Juliette, hernach der Marquis und Balluzzo, letzterer hält sich im Hintergrunde auf.

Jul. Er soll kommen! hier vor mir stehen! Er! — Und die Tugend, vereinigt mit der Liebe, soll den schönsten Sieg über sein Herz erringen — ihn in das Gefühl zurückführen, worin wir uns einst so seelig schwärmten. Werd' ich's ertragen können! — Und wenn die Empfindungen seiner Jugend zurückkehren, die reine Liebe in seinen Augen, auf seinen Lippen glühen wird, wie soll ich's ertragen? Ja, er wird so seyn, wie er war, es in meiner Gesellschaft werden; ich werde doppelt glücklich seyn, da ich ihn der Tugend zurückführe.

Marquis tritt mit Balluzzo herein.
Jul. (ihn schmachtend anblickend.)
Marq. Was seh' ich!

Jul.

Jul. (mit bewegter Stimme) Franz! Franz!

Marq. Ist's ein Traum, der mir ein Bild meiner phantastischen Jugend zurück zaubert; oder sind Sie's wirklich, Juliette?

Jul. O Franz!

Marq. Wahrhaftig! — Tausendmal in diesem Lande willkommen, trauter Engel! — Aber wie? warum?

Jul. Grausamer! können Sie fragen? Glauben Sie, die Eindrücke der Liebe, die Sie auf mein Herz machten, verlöschten so leicht, als bey Ihnen? Ihnen nachgezogen bin ich; die Liebe führte mich, und der Ruf meines Herzens. Sie von einem verirrten, zügellosen Leben in den Schoß der Tugend und reiner Liebe zurück zu bringen, leitete meine Schritte.

Marq. Gutes, liebes Herz! (für sich) Zum Henker! welch einfältig Zeug fließt von den Lippen, die mich einst so sehr entzückten!

Jul. (für sich) Die Reue röthet seine Wangen, die Scham bindet seine Zunge.

Marq. Sind Sie's wirklich, Juliette? Noch trau ich meinen Augen nicht! — Aber, wenn ich Sie so ansehe, und bemerke, wie sich Ihre Reize entfaltet, jede Ihrer lieblichen Schönheiten den zaubervollsten Ausdruck erlangt hat, so träum' ich mich in jene Stunden zurück —

Jul. Ach diese Stunden, die so leicht verflogen! Wie oft drang ich mit beflügeltem Herzen in die Vergangenheit, eine Secunde derselben zu-

rück zu empfinden, bis der Gedanke Ihrer gegen»
wärtigen Lage, jede Freude meines Herzens töd=
tete!

Marq. Meiner gegenwärtigen Lage, Juliet=
te! was ist denn in meiner gegenwärtigen Lage be=
sonders? ich finde sie sehr gut.

Jul. Mich ganz, ganz zu vergessen! alle die
sanften Gefühle zu vergessen, die uns Geßners süße
Idillen, und Gellerts kostbare tugendhafte Schrif=
ten einflößten! Wie oft versicherten wir uns bey
Lesung derselben unserer Liebe, und wünschten uns
ein Leben, wo wir diesen Empfindungen, bis an
den letzten Hauch des Lebens getreu bleiben könn=
ten!

Marq. Beym Himmel! all diese Herren
und ihr Gefühl hab' ich rein vergessen, denn ich
traf in der Welt auch nicht einen Schatten ihrer
Träume. Aber Sie vergessen Juliette, konnt' ich
nimmer! (für sich) Es ist eine verfluchte Lüge!

Jul. Eben diese Welt, Franz, die Sie mi ,
Ihrem guten Vater vorzogen! — Doch Gottlob,
ich bin da, Sie der Welt und Ihren Verirrungen
zu entziehen, Sie sollen mir gewiß nicht entwi=
schen.

Marq. Wahrhaftig! — und das ist der
Plan Ihrer Reise?

Jul. Fühlt Ihr Herz das edle nicht davon?
Nur meine Liebe, dergleichen Sie in der Welt we=
nig finden, war dieses Schrittes fähig, und das,
weil ich mir schmeichelte, nur die Wildheit der
Jugend habe Sie so flatterhaft gemacht, und in

all

all diese Vergehungen gegen uns und die Menschen gestürzt.

Marq. Vergehungen! — (für sich) Das Mädchen predigt mich todt. Hm! es ist noch Zeit, etwas aus ihr zu machen, und gewiß, ihre frische Schönheit verdient's. Der Duft einer so unberührten Rose wird mir neue Stärke geben.

Jul. So in Gedanken, Franz! — Wir werden eine glückliche angenehme Reise machen. Ich hab' unsre beßten Schriftsteller mitgenommen, die wollen wir Hand in Hand durchfühlen.

Marq. Das wollen wir schon ohne sie. — Aber wohin reisen?

Jul. Wo anders, als nach Franken zu Ihrem Vater, der Sie mit aller Zärtlichkeit erwartet.

Marq. Mich? — So! — Sagen Sie mir meine Liebe, ist dies wirklich der Zweck Ihrer Reise, und sind Sie ganz allein? — Erlauben Sie, ich bin das gewöhnliche so in der Welt gewohnt, daß mir das Romantische gar nicht in den Sinn will. Sind Sie allein, meine Beste? Reden Sie, wenn ich Ihr lieber Franz bin! (sie an der Hand fassend) Ich schwöre Ihnen, wir wollen ein Leben führen, gegen welches unser voriges ganz zurück bleiben soll. Ja, ich mußte mich vorher ganz ausbilden, um all Ihren hohen Gefühlen, die sie so niedlich auseinander setzten, zu entsprechen. (ihre Hand küssend.)

Jul. Augenblick, den ich erbetete! — Kommen sie mein Vater!

Marq. Vater! — welcher Streich!

Sechster Auftritt.

Vorige, Stahl, Kapitain, Sophie.

Stahl. Zu mir, mein Sohn, mein Franz! an meinen Hals!

Marq. Mein Vater! welcher glücklicher Zufall!

Stahl. Ist er dir's, so bin ich glücklich. Geh, wirf deinen windigten, lügenhaften Anzug weg. Sieh hier deine Schwester!

Marq. Meine Sophie! wie und wo sehn wir uns!

Sophie. Ich fand, was ich suchte, einen Bruder, und einen Mann.

Stahl. Ich wollte hart gegen dich seyn, dich für deine Laster strafen, aber deine Handlung für den Kapitain machte alles gut.

Marq. Können Sie mir vergeben!

Stahl. Kam ich nicht hierher, dir zu vergeben? ließ ich mich nicht von den Mädchens führen! Sollt' ich dich untergehn lassen? Sag' mir nur, wie kann man mit deutschem Blute so ein abendtheuerlicher Taugenichts seyn, Franz!

Jul. Mein Vater!

Stahl. Mir in so viel Jahren nicht zu schreiben! dem Vater zu trotzen; als ein Spieler herum zu ziehen, und mehr aus sich zu machen, als man ist.

Marq. Mein Vater!

Stahl. Was kannst du sagen?

Marq.

Marq. Sie stießen mich weg; überließen mich meinem Schicksal, das schrecklich war, da ich mich so verlassen sah. Ich flehte um Hülfe, schrieb an Sie, schrieb an meinen Stiefbruder, und durch ihn ließen Sie mir antworten: Weil ich durch meine Unruhe und schlechte Händel mein Regiment hätte verlassen müssen, so könnt' ich mit mit Ihrem Fluch in die Welt ziehen. Ich verließ mein Regiment mit Ehren, mein Vater, Sie müßten mir denn die Schulden für einen Schimpf anrechnen, die Sie nicht bezahlen wollten. Freylich gefiel ich meiner Stiefmutter nicht, und mußte als ein Fremder, mein väterlich Haus Leuten überlassen, die jede Gelegenheit nutzten, mir Ihre Liebe und Sorge zu stehlen.

Stahl. Das hat dir dein Bruder geschrieben?

Marq. Und noch mehr als das!

Stahl. (sich umsehend) Wart Spitzbube! — Armer betrogner Junge!

Marq. Ich hab' mich brav durch die Welt geschlagen, und trete mit Ehren auf. Was kann ich dafür, daß mich Dummköpfe schief beurtheilen! Das ist das Schicksal aller Leute von Verstand.

Stahl. Aber was soll denn der Marquis?

Marq. Eine Grille.

Soph. Und die Maitresse, Herr Bruder?

Jul. Sophie!

Marq. Eine Frage, die sich für dich nicht schickt, Schwester!

Stahl. Und das ewige Spielen?

Marq. Zum Vergnügen.

Stahl.

Stahl. Wovon gelebt?

Marq. Von Verstand und Glück.

Stahl. Gut, und damit diesem Leben ein Ziel. Komm mit nach Franken, und überzeuge mich durch deine Aufführung, daß alles Verläumdung ist, was man mir von dir sagte.

Marq. Herzlich gern!

Stahl. Willst du diese zur Frau? — ich denke, du sagst nicht Nein. Deine Schwester hast du selbst zu versorgen beliebt. Wo sind die Pferde, und dein treflicher Hund?

Marq. Mein Jäger erwartet Sie an der Treppe.

Stahl. Nun, so komm —

Marq. Erlauben Sie, mein Vater, mein Jäger wird Sie führen.

Stahl. Auch das. Ich merke schon, die schmachtenden Augen deiner alten Bekanntschaft gefallen dir besser, als meine Strafpredigt. Ich muß sehen, Bursche, was du für Pferde hast, und dann wollen wir die freudigste Mahlzeit auf Erden halten. — Küß mich, Franz! (halb für sich) Ich sagt' es ja: ein guter Jäger und kecker Reuter kann nie ganz verderben. (geht ab.)

Marq. Sind Sie glücklich, mein Bruder?

Kapit. Vollkommen, mein Bruder.

Marq. Also diese ganze Reise war darum, mich aufzusuchen und nach Franken zu führen?

Jul. Freylich Franz; was thut die Liebe nicht!

Marq.

Marq. Und Ihrer Liebe hätt' ich's zu danken, meine süsse Blume?

Jul. Sie kennen dieses Herz nicht.

Marq. Ganz, ganz. Sie entzücken mich!

Jul. Kommen Sie in mein Zimmer, Franz!

Marq. Ich folge Ihnen sogleich; ich habe nur ein Wort mit meinem Freunde zu reden.

Jul. Gleich nachkommen, lieber Franz, und ja nicht wieder zum garstigen Spiel.

Soph. Noch zu deiner Signora. Wir fränkische Mädchen verstehn in solchen Dingen keinen Scherz.

Kapit. (bedeutend) Bruder! Ihr Herz ist nicht mit uns. (sie gehn ab.)

Siebenter Auftritt.

Marquis, Balluzzo.

Marq. steht in Gedanken.

Balluz. (der sich ihm langsam genähert) Also der witzige Kopf da, ist dein Vater, Marquis?

Marq. Was?

Balluz. Und die Romanenprinzessinn, deren Sprache kein Sterblicher versteht, deine künftige Frau? Ein artiges Glück, auf Ehre!

Marq. Geh zu allen Teufeln!

Balluz. In welche wunderliche Falten sich doch die Eitelkeit der Weiber biegt! Diese da, packt eine ganze Familie auf, um im Namen der Tugend, einen verirrten verlornen Sohn, als Beute zum Manne nach Franken zu schleppen. Sind dort
die

die Mädchen so verlegen um Männer, daß sie 's stark mit der Tugend buhlen müssen? doch wirdso ihr dort viel Ehre machen.

Marq. Laß mich mit der Närrinn!

Balluz. Der Baron, dein Bruder, dem wir gestern das Geld abnahmen, giebt dem Gemälde noch mehr Wärme.

Marq. War ich blind, keinen von Ihnen zu erkennen?

Balluz. Wir dachten da noch einen hübschen Coup zu machen, und springen in eine Verwandtschaft voll bürgerlicher honetter Leute hinein. — Die Wechsel hast du also alle dem Kapitain gegeben?

Marq. Ja.

Balluz. So! und dem schönen Stück von Bruder wirst du auch restituiren?

Marq. Laß mich einen Entschluß fassen.

Balluz. Dein Entschluß ist schon gefaßt, das seh ich. Du wirst in deine liebe Heimath ziehen, Füchse jagen, und Erdäpfel essen, die dir deine Romanenprinzessinn mit dem Gefühl der deutschen Autoren salzen wird. Ein artiges Leben für einen Mann von Welt.

Marq. Mit mir nehmen möcht' ich sie, und —

Balluz. Du hast das Herz nicht.

Marq. Laß mich!

Balluz. Bürgerliche, platte Empfindungen werden deine kecke Seele fesseln! — Adieu Marquis! Wahrhaftig, man roch dir doch immer die Gefühle von deiner ersten Bekanntschaft an. (für sich) Ich will gehen, und dir zeigen, was ein Greck ist. (geht ab.) Ach-

Achter Auftritt.
Marquis.

Marq. Mich von neuem anschmieden zu lassen! ich kann, ich mag nicht! Was soll ich mit mir machen? Mein Herz strebt nach ewiger Freyheit, und beym gegenwärtigen Genuß denk ich schon an den künftigen. Ich sollte mich wie ein Narr herumführen lassen, und von einem Mädchen, der es drum zu thun ist, einen Mann zu haben! die mich im Triumph in ihre Philistercirkels führen wird! Mich, dem die ganze Welt offen steht und zulacht! Ich sollte mich einkerkern lassen, von diesem Tummelplatz Abschied nehmen, wo ich der glücklichste Kämpfer bin. Aller Genuß liegt vor mir da, mein Verstand zeigt mir den Weg zu allem, und meine glühende Phantasie kennt keine Gränzen ihres Begehrens. Nein, ich will stark und frey seyn! — Mein Vater wird klagen, und sich hernach trösten; denn was kann ich ihm nützen, als durch Laune und Verdruß seine Freude, die er hofft, zu vergiften. — Aber wie entkommen? Ich muß diesen Taumel, worin sie alle sind, nützen. — Juliette wollte mich der Welt entführen — ha! und ich will ihre Romanen wahr machen, und sie der Welt zuführen. Der Weg von ihren Empfindungen, wahr oder falsch, ist der nächste zur Bachantinn, wenn's einer versteht, sie zu leiten. Was gilt's, ich fang ihr Herz, eh' sie sich's versieht, oder ich müßte nicht wissen, wie man die Seelen der Weiber öffnet.

Neunter Auftritt.
Marquis, Braun.

Braun. Verzeihen Sie, Herr Baron, daß ich mir die Freyheit nehme, als ein Mitglied der Familie meine schuldigste Aufwartung zu machen, und mich zugleich pflichtmässigst Dero Gunst zu empfehlen.

Marq. Wer sind Sie?

Braun. Als Herr von Stahl sich baronisiren liessen, wegen dem Gute, das Ihre Frau Stiefmutter seligen Andenkens —

Marq. Hat er sich baronisiren lassen? —

Braun. Ey, ey! ist die Nachricht nicht zu Ihnen gekommen! Lieber Himmel! und kostete doch ein artig Kapitälchen. Sie war eine eigne Frau, und konnte Ihren Herrn Vater nicht eher ausstehn, bis er den Baron auf dem Buckel, und das Kapitälchen aus der Tasche hatte. Nu, als wir nun das Gut hatten, brauchten wir einen Verwalter mehr, und weil ich eben von der Akademie Leipzig zurückkam, wo ich mich nebst der Chirurgie, ein wenig der Oekonomie, bloß aus Mode widmete, so nahm ich das Aemtchen an, dem ich Zeither mit allem Fleiß und Eifer vorstehe.

Marq. So, so!

Braun. Wünschte auch immer herzlich, der Herr Baron möchten von Ihren Reisen zurückkommen, denn, unter uns — Sie haben da einen Bruder — man soll nicht übel von den Leuten reden; aber giebt's noch einen solchen Heuchler in ganz Franken, so will ich mich hängen lassen, zum wenigsten.

Er

Er ist's, der den Papa, und die Stiefmama so gegen Sie verhetzte, und auch das Projekt machte, wenn wir Sie einmal in Franken hätten, Sie so einzusperren, daß es Ihnen vergehen sollte, der Familie weitere Schande zu machen. Verzeihen Sie, das ist nicht meine Gesinnung. Denn, wenn ich Sie so ansehe, und Bruder Karl daneben, so möcht' ich wohl fragen, wer der Familie Schande macht! Indessen werden der Herr Baron schon vorsichtig seyn, und meine Warnung im rechten Sinn nehmen.

Marq. Ist das alles wahr, was er mir da sagt?

Braun. O Himmel! und wie wahr!

Marq. Wo ist mein Bruder?

Braun. Er wird sich wohl hüten, Ihnen vor die Augen zu kommen. Er hat den gestrigen Abend nicht vergessen, und ist ganz in Verzweiflung um sein Geld. Mich ehrlichen Mann hat er auch unglücklich gemacht! — Denken Sie nur Herr Baron, er borgte 100 Dukätchen von mir, die Sie ihm auch abgewannen. Denken Sie, einem armen Menschen sein ganzes Vermögen zu verlieren! Ich hätte mir schon ein Leid's angethan, wenn Sie nicht der großmüthigste Mann von der Welt wären.

Marq. So!

Braun. Ich will's nur grade gestehen, es sind Verwaltungsgelder; stellen Sie sich vor, fremde Gelder, Herr Baron.

Marq. (für sich) Von solchem Kerl sollt' ich gewinnen! (laut) Da hat er seine hundert Dukaten wieder — hat er mir etwas vorgelogen, so sey ihm der Himmel gnädig!

Braun.

Braun. Tausend unterthänigen Dank, mein allerwerthester Herr Baron! O, ich sah' es gleich an Ihrer Miene, daß Sie die Großmuth selbst sind. Dafür will ich Ihnen auch noch manches anvertrauen. Es wäre Jammer, Ihnen so früh die Flügel zu beschneiden — Hören Sie, werden Sie nicht zu ernsthaft mit Fräulein Julietten. Unter uns, sie ließ sich vorigen Sommer mit einem gewissen Herrn von Kebel in Empfindeley ein; es gieng so weit, daß sie im Mondscheine spatzieren giengen, und immer vom Werther sprachen. Sie kennen ihr zartes Herz, und wissen, was das thut, in Romanen lesen — Es mag in aller Honettete' hergegangen seyn, aber Empfindeley ist wie der Märzschnee, Herr Baron!

Marq. (für sich) Mein Vater hat schöne Leute um sich. (laut im Abgehen) Er ist ein Schurke!

Braun. Was? — Ich glaube, ich hab' ihn, oder er mich nicht verstanden. — Mag's, hab ich doch meine Dukätchen wieder. (geht ab.)

Ende des vierten Aufzugs.

Fünf=

Fünfter Aufzug.

Erster Auftritt.

Marquis, Dorval.

Marquis.

Geh' nach Hause Dorvall, laß aufpacken, wir wollen reisen; aber sey behutsam, daß es nicht Lärm giebt.

Dorv. Vortreflich, nun seh' ich, daß Sie ein Mann sind. Was Teufels wollten Sie auch in Franken sitzen! Gehn wir nach Turin, dort ist einer meiner Bekannten, der mir jüngst schrieb, daß er von einem polnischen Starosten, einem Spieler voll Leidenschaft Nachricht hätte, und dem was ansehnliches abzunehmen wäre. Die Sache ist schon eingefädelt, und wartet nur auf eine geschickte Hand.

Marq. Wohin Ihr wollt, macht nur, daß wir wegkommen. Vielleicht geht noch jemand mit; aber laß dich gegen Isabelle nichts merken. (Dorvall geht ab.)

Zweyter Auftritt.

Kapitain, Marquis.

Kapit. Mich deucht, mein Bruder, Ihr Eifer mit uns nach Franken zu reisen ist nicht sehr heiß.

Marq. Warum nicht!

Kapit. Ich hatte Vertrauen zu Ihnen, und Sie haben's nicht zu mir.

Marq. Was könnt' es Ihnen nutzen! Mein Fall ist so, daß ihn Jeder falsch beurtheilen würde.

Kapit. Mich betriegen Sie nicht. — Sie sind nicht gesonnen mitzugehen; nur verblendete Liebe lies't nicht in Ihrem Herzen; ich seh' alle ihre Bewegungen.

Marq. Hm! Ich wüßte auch nicht, was ich zu Hause machen sollte!

Kapit. Man ist doch immer glücklich im Schooße seiner Familie.

Marq. Ja, wenn wir uns stumpf gelaufen haben, mag's eine gute Zuflucht seyn.

Kapit. Alsdann können wir weder selbst glücklich seyn, noch andre glücklich machen. Ich denke, wir sollten's just da ergreifen, wo unser Herz noch frisch zu fühlen fähig ist.

Marq. Das kann seyn, doch dazu gehört eine gewisse Beschrenktheit, die ich nicht habe.

Kapit. Die Zeit könnte kommen, wo Sie sich darüber Vorwürfe machten.

Marq. Die doch Ihre Meynung nicht beweisen werden.

Kapit.

Kapit. Ich träumte viel Glück mit Ihnen.

Marg. Sie hätten sich betrogen lieber Kapitain! Mich lockt die Welt und ihr wildes Treiben mit Sirenenstimme — Ich möchte gern mittreiben, und treiben sehen, so lang ich kann, das ist der Grund meines jezigen Lebens. Daß ich's ergrif, ist nicht meine Schuld, man stieß mich hinein. Ich ward in die Welt geworfen, und von allem verlassen. Als ein Kind jagte mich mein Vater aus dem Hause, um meiner Stiefmutter zu gefallen. Ich hatte damals keine andere Fehler, als daß mich alle Leute, die zu uns kamen, liebten, und Ihren Jungen nicht ansahen. Ich kam ins Regiment, wuchs frey und wild auf. Sie wissen schon, was das ist, wenn der junge Soldat sich selbst ziehen soll. Ich machte einige tolle Streiche, spielte; meine Stiefmutter schilderte mich meinem Vater als den ärgsten Taugenichts. Die Wechsel wurden von Tag zu Tage kleiner, endlich blieben sie gar aus. Ich hofte auf das Herz meines Vaters, und machte Schulden. Die Gläubiger drangen auf Bezahlung. Ich schrieb Brief auf Brief; alles umsonst. Verdruß und Unwillen bemeisterte sich meiner. In einer dieser unglücklichen, mißmüthigen Stunden überwarf ich mich mit dem Major des Regiments, ich foderte ihn, und mußte quittiren. Da saß ich! — Ich kam nach Spaa mit dem Reste meines Glücks; verlor alles, weil ich alles wagte. Man betrog mich; der alte Kerl, der hier bey mir ist, öfnete mir die Augen. Ich hatte vorher keine Ahndung von Betrug oder Intresse; izt lernt' ich den Faden kennen, der uns hier

hier zusammenbindet. Nirgends fand ich Ausflucht, nirgends Hülfe; ich spielte und lernte spielen.

Kapit. Und halfen betrügen, wie man Sie vorher betrog.

Marq. Ich machte mich zum Herrn des Geldes der Menschen, weil ich vorher lernte, mich zum Herrn ihres Verstandes zu machen. Ich mache manchen Streich, der ganze Familien glücklich macht. Ich seh' die Welt, bin in der Welt, und betrüge die Welt. Mein Herz und meine Sinnen leben im ewigen Genusse. Nun sagen Sie mir, ob ich nach alledem mich in eine Hütte Frankens einsperren kann!

Kapit. Sie werden Ihrem Vater das Herz brechen!

Marq. Er wird sich zu trösten wissen.

Kapit. Was soll ihn trösten, wenn er durch seinen Sohn, den er liebt, seinen Namen in der ganzen Welt entehrt sieht?

Marq. Kapitain! — doch daß ich mit Ihnen darüber stritte!

Kapit. Ja entehrt, das ist das gelindeste, was ich davon sagen kann. Was wir mit eigenem Fleiße erwerben, giebt uns Ehre — Betrüger und Müssiggänger leben von der Börse anderer.

Marq. Daß ich mit einem Manne stritte, der die Welt nicht kennt! Nur ich kann mein Richter seyn.

Kapit. Fühlte ihr Herz meinen Vorwurf nicht, Sie würden so etwas plattes nicht sagen.

Marq. Ich werde Ihnen alle Ausfälle verzeihen, nur keinen auf meinen Verstand, Kapitain.

Kapit.

Kapit. Ich habe das Herz Wahrheit zu sagen, Herr von Stahl, und das Herz sie zu unterstützen. — Erinnern Sie sich der Augenblicke, als Sie noch im Regimente dienten? Rufen Sie sich die Gefühle der Ehre zurück, die Sie damals empfinden mußten. In Ihrem Degen, Ihrem unbescholtnen Namen, bestand Ihr Adel und Werth. — Und heute! — mit all Ihrer Pracht, all Ihrem Golde sind Sie die Verachtung jedes rechtschaffnen Mannes. Wo Sie vorüber gehen, zeigt man auf Sie als eine Pest der menschlichen Gesellschaft, die die Gerechtigkeit mit mehreren Eifer verfolgen sollte, als den offenen Straßenraub.

Marq. Ha!

Kapit. Straßenraub, Bruder! denn für Straßenraub kann ich mich in Acht nehmen, kann mich vertheidigen: aber wer entgeht einem pfiffigen Betrüger, dessen Geist Tag und Nacht Ränke aussinnt, die der ehrliche Mann nicht muthmaßt; der 100 Taugenichtse im Solde hat, die in allen Winkeln auf den Unerfahrnen lauern, und ihn ins Netz führen, wo ihr ihn mit dem schändlichsten Triumphe über die Menschheit, um das seinige bringt. Ist Ihnen nie eingefallen, daß während Sie das ganze Glück eines solchen Schlachtopfers verschmaußten, Kinder und Mutter um Brod und um Rache schrieen? — Bey Gott, Bruder, lieber wollt' ich Wasser aus der hohlen Hand schlürfen, aufgebetteltes Brod kauen, als den Namen eines listigen Betrügers auf der Stirne tragen. Trägheit, Faulheit, Ueppigkeit hat Sie in dieses Leben geführt, sonst nichts; und mit all Ihrem

Witze, all Ihrem Prahlen von Tugenden, die Sie nichts kosten, werden Sie mir nie anders erscheinen, als der verlohrenste der Menschen.

Marq. Sie vergessen sich, Kapitain! Sie wenigstens sollten nicht in diesem Tone mit mir reden.

Kapit. Und warum nicht, wenn's die Sprache des Herzens, des Freundes, des Bruders ist, Sie von einem Abwege zu leiten!

Marq. Ich gefalle mir so.

Kapit. Sie wollen also durchaus nicht mit? und was wird Juliette machen?

Marq. Romane lesen, und sich mit einem dumpfen Gesellen in Arkadien zaubern, bis ein kluger Kerl, ihre Imagination am rechten Zipfel faßt.

Kapit. Wir waren Narren auf Sie zu zählen!

Marq. Dessen beschuldige ich mich auch. Noch einmal, nur ich kann mein Richter seyn.

Kapit. Wir werden Sie vergessen lernen.

Marq. Das konnte mein Vater längst, und ohne die Narrheit eines Mädchens wär er nicht hier.

Kapit. Ihr untersucht die Handlungen der Menschen so lange, bis Ihr euer Herz um jede gute Empfindung raisonirt habt. Ich werde Sie machen lassen. (geht ab.)

Dritter Auftritt.

Marquis.

Marq. Ein ehrlicher, trotziger Kerl! der nichts gelernt hat, als von seinem Solde zu leben! Ein anderer, als er, sollte mir dies nicht umsonst gesagt haben, aber mit ihm, wär' ich ein Narr, hätt' ich's anders genommen. So fügt sich die Moral in jedes Menschen Lage, und wird uns zum Problem. — Da kömmt Juliette mit einem Buche.

Vierter Auftritt.

Juliette, Marquis.

Jul. Find' ich Sie endlich! Lesen Sie diese Stelle, lesen Sie Franz, sie hat eine Thräne aus meinem Herzen gelockt.

Marq. Weiches anmuthiges Herz! welche Wonne des Lebens bereiten Sie mir!

Jul. Schon hat sich Ihr Ton sanfter gestimmt!

Marq. Konnte er anders, meine Blume, da der Ton ihrer Augen, mein Herz mit dem Ihren in süsse, einträchtige Melodie schmelzte.

Jul. O Franz! nun fühl' ich die ersten glücklichen Augenblicke unserer Liebe wieder. Ja, Sie sind's noch ganz; Ihre Sprache ist die Sprache des

des Herzens. Glücklicher Augenblick, der uns wieder ganz verband! Welches Leben werden wir führen!

Marq. Wenn ich Sie ansehe, Juliette — Nein es ist nicht möglich, daß diese jugendliche Blüthe, dieses schmachtende, geistvolle Auge, diese bedeutende, schön gewölbte Stirne, dieser Rosenmund, dieser reine Wuchs — alle diese vereinigten Reitze, für einen elenden kleinen Winkel der Welt geschaffen sind.

Jul. Sie beschämen mich! (für sich) Welche liebliche Sprache!

Marq. Wie? Ich sollte so dumm, empfindungslos seyn, diese alles belebende Schönheit, diesen bezaubernden Witz, auf ein elendes kleines Gut zu verbannen!

Jul. Was wollen Sie damit?

Marq. Wär's nicht eine Schande, ein schlecht gegründeter Neid, die Welt um die Bewunderung all dieser Annehmlichkeiten zu bringen?

Jul. Franz!

Marq. Wo Sie hinträten, würd' Ihnen allgemeiner Beyfall entgegenkommen; Sie könnten mit dem Herzen der Menschen machen, was Sie wollten. Dies wär' der Schauplatz für Ihren Geist, für Ihre Tugenden Juliette! Nein, ich bin zu stolz auf den Besitz Ihrer reitzenden Person, als daß ich Sie der Welt nicht zeigen, daß ich mich mit Ihnen in der Dunkelheit verbergen sollte!

Jul. Zauberer!

Marq. Es ist nun eine der Capricen meiner Leidenschaft, süsse Rose, Sie in eine Sphäre zu füh-

führen, wo Sie nach Ihren hohen Verdiensten glänzen können. Wären wir in Franken verbannt, so würde meine Bewunderung bald stumpf werden. Die Welt wird sie auffrischen, ich werde in Ihnen immer die erste Ihres Geschlechts besitzen. Nein, Juliette, Sie sind nicht dazu geboren auf einem elenden Bauerngut Ihre Tage zu verleben, die durch meine Liebe, alle wie ein schöner Morgentraum verfliessen sollen.

Jul. Was wollen Sie mit dem all?

Marq Garstige, unangenehme Tugenden mögen sich verstecken; aber in diesem Gewande, womit der Himmel Sie so lieblich bekleidet hat, sind Sie bestimmt die Welt im Glauben an hohe Tugenden zu bestärken. Scheint Ihnen dies kein edler Zweck?

Jul. Allerdings!

Marq. Man muß die Welt kennen lernen, bevor man sie beurtheilt, und sein möglichstes zu ihrer Besserung beytragen, das fühlt Ihr Herz und Verstand, Juliette. Wollten Sie wohl mit mir einen Schritt in diese Welt wagen, die Ihnen an meiner Hand, so viel Ruhm, Genuß, Entzückung und Freude darbietet? die Ihnen mit aller Ergötzlichkeit entgegen lächelt? Wollten Sie wohl diese Gelegenheit vorbey lassen, das Ihrige zu meiner Besserung beyzutragen, das ich von nichts als der Liebe ertragen kann? Ich bin zu stolz, mich von jemand andern meistern zu lassen, als von Ihnen meine Liebe!

Jul. Und nicht nach Franken?

F 5   Marq

Die falschen Spieler.

Marq. Auch nach Franken; aber nicht eher, als bis Sie das alles an mir abgeschliffen haben, was Ihnen niedrig scheint. Dann sollen Sie mich als ein Werk Ihrer Liebe und Tugend zu meinem Vater führen, und wir wollen denn ganz im Gefühl unsrer Jugend leben. Ich muß durch Sie dazu gestimmt seyn, bevor ich's wagen kann, mich zu beschränken. — Wollten Sie mich verlassen? denn ich muß Ihnen sagen, ich bin nicht gesonnen mit meinem Vater zu gehn.

Jul. Nicht? Sie erschrecken mich!

Marq. Hat Ihre Liebe so enge Gränzen? Sie sagen, daß Sie diesen Weg um meinetwillen gemacht hätten, und itzt, wo es darauf ankömmt, mich ganz zu besitzen, mich ganz zu bilden, mich zur Tugend zurück zu führen, wollten Sie mich verlassen?

Jul. Ach, Sie verlassen, Grausamer!

Marq. Sie werden das angenehmste Leben haben. Ich bin reich, werde nicht mehr spielen. Wir reisen, und nur an Oerter, wo die Natur lacht, wo ein ewiger Frühling lebt; und so kehren wir in Eintracht und Liebe zu meinem Vater zurück. Von der ersten Post schreiben wir ihm unsern Entschluß.

Jul. Sie betrügen mich!

Marq. Bin ich nicht mehr Ihr Franz, Ihre erste Liebe? Sind Sie's nicht, die die erste zärtliche Empfindung meinem Herzen einflößte? Soll ich Sie an jene Scene erinnern, Juliette?

Jul.

Jul. (sich an ihn schmiegend) Sie versetzen mich in einen schrecklichen Zustand.

Marq. Ich reise heute —

Jul. Ihr Vater!

Marq. Er wird es gut finden. Wollen Sie mich verlassen?

Jul. Nein, nein, Franz! nur die Art —

Marq. Tausendmal haben Sie dies in Ihren Büchern gelesen —

Jul. Ach! wird dies meinen Schritt rechtfertigen?

Marq. Juliette! als ich bald Ihr Menalk, bald Ihr Romeo, bald Ihr Grandison hieß, da war keine Schwierigkeit, die Sie nicht überwinden wollten! Der Tod um den Geliebten selbst schien Ihnen ein süßes Gefühl! Hat kalte Ueberlegung, der Liebe reizenden Flug gelähmt, so wär's freylich besser, Sie kehrten nach Franken, und lebten, statt der Wonne, die Ihnen meine Phantasie bereitet, kalte, ungefühlte Tage, wie sie jedes Mädchen, das an der Erde klebt, dahin schlummert. Wie? diese himmlisch gezognen Augenbraunen, der Sitz der wärmsten, feinsten Phantasie, sollten wie ein lügenhafter Zufall über Ihren blauen süßen Augen schweben? Eh' ich mich das überredete, wollt' ich Sie lieber mit Gewalt entführen, um an Ihrem Busen, die schönste Liebe zu fühlen, die mir ein glückliches Geschick bestimmte!

Jul. Sie sind ein Zauberer! — Ja, du hast meine Seele mit deinen Worten in Fesseln gezaubert, die ich nicht aufzulösen vermag. Ach, was seyd ihr Männer, wenn feurige Beredsamkeit der

Liebe,

Liebe, begleitet von der sanften, bald wilden Glut eurer Augen, jede Nerve unsers Herzens wegstiehlt. Du hast meine Phantasie verwirrt, und mein Herz flog dir mit frohlockendem Beyfalle mit jedem deiner Worte entgegen. Franz, ich wage mehr als Tod, wenn ich dir folge! — Wenn du mich betrögest — mich verliessest —

Marq. (sie an sein Herz drückend) Hier ist deine Sicherheit.

Jul. So nimm mich denn, die ich ganz dein bin!

Marq. Ich habe dich von dir, und bin der glücklichste der Erden. Und nun im schnellen Fluge der Liebe davon —

Fünfter Auftritt.

Vorige. Dorvall.

Dorv. Marquis! auf ein Wort!

Marq. Wie ist's, hast du alle Anstalten gemacht? Ich bin fertig den Augenblick abzureisen.

Dorv. Balluzzo mit der Signora sind fort.

Marq. Desto besser!

Dorv. Aber mit ihnen alles, was du hast. Jean, dein Kammerdiener, gab ihnen deine Chatouille, und zog mit. Dieser Zettel ist alles, was sie zurückliessen.

Marq. Wie lähmender Frost ist mir's in's Gehirn geschlagen! (liest) „Es ist Zeit, daß du „ganz begreifen lernst, was ein Grek ist. Kenne „in

„in mir deinen Meister. Ich trenne mich von
„dir, dein Verstand wird es gut heissen. Isa=
„belle folgt mir, um deiner Braut keine Thränen
„zu verursachen. Das vorräthige Geld hab' ich
„honnett getheilt, dir fallen die Wechsel zu, die
„du gestern für den Kapitain gewannst. Der Au=
„genblick deiner Bestimmung ist da; entweder ein
„Philister zu werden, oder ein Mann von meinem
„Stahl, den kein Band der Erde fesselt. Ich
„gehe nach Spaa, du siehst aus meiner Aufrich=
„tigkeit, daß ich dich nicht fürchte. Kannst du
„dich von diesen schwächlichen Empfindungen los=
„reissen, denen du itzt zu unterliegen scheinst; und
„die einem Grek so nöthige Condvite erwerben,
„so wirst du einst die Asche Balluzzos segnen."
Ist es möglich! — in diesem Augenblick!

Dorv. Was ist zu machen?

Marq. Ich hab' nicht Geld genug, und muß
fort.

Dorv. Doch Zeit genug, das Deinige zu ver=
hundertfältigen.

Marq. Hier nicht. Ich will ihm nach, und
ihm eine Kugel durch den Kopf schiessen, dem Räu=
ber! Ich hab' so eben das schöne Mädchen dort ge=
stimmt, mit mir zu reisen.

Dorv. Vielleicht kann sie aushelfen.

Jul. Was haben Sie Franz, das Ihnen
Verdruß verursacht? darf ich Ihren Kummer nicht
theilen?

Marq. Nichts, nichts, mein Engel! ich bin
einer grossen Last los. Die Signora ist mir durch=
gegangen — freylich mit meinen Juweelen —

Jul.

Jul. Kann Sie das so verwirren?

Marq. Ach, Sie sehen, wie nothwendig mir Ihre Hand ist, mich vor solchen Gefahren zu bewahren. — Sie sind mit all meinem Gelde durch, aber ich werde sie einhohlen.

Jul. Ich sollte das zugeben! — Sie wollten mich verlassen, und sich von den Betrügern noch einmal fangen lassen?

Marq. Ich habe nicht Geld genug zur Reise. Wenn wir einmal in Turin sind, hab' ich Wechsel zu stehen. Fort muß ich meine Liebe, und diesen Augenblick, es gehe wie es wolle. Ich bin in Verzweiflung! — Ach! und Sie verlieren, nachdem ich von Ihren süssen Lippen die Versicherung erhalten habe, mir zu folgen!

Jul. Kleinmüthiger! Gut daß es so ist, ich will Sie von meinem Zutrauen überzeugen, und dem Amor die Fittige machen, mit denen wir davon fliegen wollen.

(sie geht ab.)

Sechster Auftritt.

Marquis, Dorvall.

Dorv. Gilt's dem Mädchen, oder dem Gelde?

Marq. Nur ihr, das andre macht die Noth.

Dorv. Also bleibts dabey, von Turin nach Polen den Starosten zu machen.

Marq.

Marq. Ja, ja. Geh nur voraus, daß alles bereit sey; ich hoffe gleich nachzufliegen.

Dorvall. (geht ab.)

Siebenter Auftritt.

Marquis.

Marq. Vortreflich! herrlich! Noch hab' ich Macht über das Herz der Weiber! Laß es gehn, Marquis, laß es gehn! Das Geld der ganzen Erde ist dein, da Weiber und Karten in deiner Gewalt sind. Was ich aus dir machen will, Juliettchen! bey allen Reizungen der Freude, Franken soll aus deinem Köpfchen schwinden, wie ein Morgentraum. Ich tausche nur mit meinem Vater, da ich ihm 2 vortrefliche Pferde hinterlasse, und so ist alles gut und rein.

Achter Auftritt.

Marquis, Juliette mit einem Kästchen.

Jul. Hier nimm mich, und fühle das Zutrauen, die Liebe, die meinen ganzen Verstand gefangen hat.

Marq. Engel, wer diese Stunde vergäße!

Jul. Was thu ich!

Marq. Die Liebe führt dich!

Jul.

Jul. Eile, eile, und nutze den Tumult meines Herzens — O Sophie!

Marq. (sie umfassend) Süßes, unvergleichliches Mädchen! die hierauf folgende Ruhe wird entzückend seyn. Laß uns eilen.

Neunter Auftritt.

Vorige. Sophie, Kapitain.

Soph. (faßt Julietten bey der Hand.)
Kapit. (trennt sie auseinander) Halt!
Marq. Was?
Soph. Trag deinen Schmuck wieder in dein Zimmer, Juliette. Du hast es mit einem elenden Menschen zu thun, den ich für meinen Bruder zu erkennen, mich fast schäme.
Jul. Sophie!
Soph. (führt sie in ihr Zimmer) Fort, fort!

Zehnter Auftritt.

Marquis, Sophie, Kapitain.

Marq. Sie haben die unrechte Zeit gewählt, mein Herr, den Don Quixotte der Tugend zu spielen.

Kapit. Schämen Sie sich mein Herr! schämen Sie sich!

Soph.

Soph. Ihnen mein Herr Bruder hab' ich noch ein paar Worte zu sagen: Hätte man mir gefolgt, wir hätten Sie laufen lassen, bis Sie würdig gewesen wären, mit uns zu leben.

Marq. Sophie!

Soph. Ich halte so wenig auf die schnellen Bekehrungen, als Sie Herr Bruder! ich weis, daß ein freyer unbefangener Geist wie der Ihrige, sich so leicht nicht einschränken läßt, und weis, daß die Eitelkeit unser Portrait entwirft, wie's unsre Schwäche wünscht; das Ihrige mußte sehr vortheilhaft ausfallen, da es Sie so wenig Mühe kostete zu leben, und ein Mann von Verstand zu heissen.

Marq. Vortreflich!

Soph. Sie können unserm Vater freylich manchen Vorwurf machen, daß Sie so verlassen blieben — Aber die Antwort, die er darauf geben könnte —

Marq. Wäre —

Soph. Daß ein junger Mann von Herz und Muth, die Gelegenheit mit Freuden ergriffen hätte, sich Trotz allen Hindernissen mit Ehre durchzuarbeiten.

Marq. Du bedenkst nicht —

Soph. Das alles beyseite, Herr Bruder! — Unsre Reise hieher sahen Sie als einen Einfall von Weibern an, und natürlich wär's lächerlich, wenn ein Mann von Geist hier unterläge. Juliette verdarb's völlig; Sie hatten Muthwillen genug, ihren romantischen Schwung zu nutzen. Ich fühlte, daß wir alle Ihnen zur Last waren, und fand's natürlich; denn daß ein grosser Geist wie Sie, der

G von

von einem Vergnügen zum andern flattert, sogleich in das Netz eines guten phantastischen Mädchens kriechen sollte, wär' ein Wunder der Welt; aber die Sache mit einem boshaften Streich zu enden, war abscheulich. Leben Sie wohl! (sie geht Julietsen nach.)

Eilfter Auftritt.

Marquis, Kapitain.

Marq. Närrinn!

Kapit. Bedenken Sie —

Marq. Entfernen Sie sich mein Herr! ich bin nicht in der Stimmung Ihre abgeschmackten Predigten itzt anzuhören. Die Beurtheilung eines Narren hat bey einem Manne von Verstande kein Gewicht, wollen Sie das merken?

Kapit. Eines Narren? — Ich habe nie meinen Degen gegen einen Menschen ohne Ehre gezogen, wollen Sie das merken?

Marq. (zieht) Du sollst ihn gegen einen Mann von Ehre ziehn, undankbarer Bursche! — Noch hab' ich Kraft und Muth, den Dank, den du mir schuldig bist, aus deinen Adern zu hohlen.

Kapit. (zieht sich zurück) Herr von Stahl! zwingen Sie mich nicht, Sie zum fernern Betrügen untüchtig zu machen.

Marq. Nicht so viel Worte, unverschämter Praler!

Kapit.

Kapit. (zieht) Nun so sey's! Ich hoffe, das Glück wird meinen guten Vorsatz unterstützen. (sie schlagen sich.) Er sitzt Monsieur le Marquis! ich hoff' ohne weitern Schaden. Lassen Sie nun sehen, was Sie sind, wenn Sie nicht mehr filiren können. Braun! Braun!

Zwölfter Auftritt.

Vorige, Braun.

Braun. Ums Himmelswillen! was giebt's?
Kapit. Verbinden Sie den Herrn!
Braun. Ach, Herr Baron! welch ein Unglück! und welch ein Glück, daß ich Chirurgie studiert habe und bey der Hand bin. Gleich will ich alles bringen, was zum verbinden nöthig ist. (läuft ab.)
Kapit. Ich wünsche, daß all Ihr böses Blut ausfließe — Kommen Sie nun mit uns nach Franken, mit dem Filiren wird es hoffentlich vorbey seyn. (geht ab.)
Marq. Entwaffnet; lahm! Ich werde das Gelächter, die Fabel der ganzen Welt werden. — Wenn ich lahm wäre! — Es ist mein Teufel der Kerl, der in allem über mich siegt — über meinen Muth, meine Freyheit soll er doch nicht siegen.

Dreyzehnter Auftritt.

Braun, Frik, Marquis.

Frik. Es ist alles fertig! Was ist das?

Marq. Frik, was wirst du hören! Ich hab' mich geschlagen — es ist ausfilirt, ich fürchte, meine Rechte ist gelähmt.

Frik. Das wär erschrecklich! eben komm ich, Sie zu neuen Siegen abzuhohlen.

Marq. Es ist ausfilirt, guter Junge!

Braun. Mein Seel, Herr Baron, mit dieser Rechten hier werden Sie keine Prise Toback mehr nehmen. Im übrigen, ohne Gefahr. Hätte der Kapitain gestern die Fertigkeit dieser Finger gestutzt, so hätte ich eine schwere Aergerniß weniger gehabt, doch Ihre Großmuth hat alles wieder gut gemacht.

Marq. Lahm sagst du Kerl?

Braun. An allen Fingern nur; aber zum Glück haben der Herr Baron bey Ihrem Kapitälchen nicht nöthig von der Hände Arbeit zu leben. Getrost Herr Baron! keine weitere Gefahr —

Frik. O mein Meister, mein Herr! wie soll ich das ertragen!

Marq. Wie ich!

Frik. Erhabnes Wort — ich schweige, und erwarte Ihre Entschlüsse.

Marq. (zu Braun, der mit dem Verbande fertig wird) Also lahm, sagt er?

Braun. Lahm, weiter nichts, steif.

Marq.

Marq. Verdammt! so bin ich elend, so bin ich gefangen! all die Träume meines Lebens stürzen zusammen.

Vierzehnter Auftritt.

Vorige. Stahl, Kapitain.

Stahl. (stürzt heraus, und reißt Braun an sich.) Wie ist's

Braun. Ohne alle Gefahr, nur lahm an allen Fingern.

Stahl. (fällt dem Kapitain um den Hals.) Ich dank' Ihnen! wenn's ein Mittel giebt, so war dies das einzige.

Marq. Mein Vater!

Stahl. (zum Kapit.) Und doch möcht' ich weinen, wenn ich seine Stimme höre! — Tod und Teufel! was für ein Junge ist an ihm verdorben! und durch meine Leichtgläubigkeit! — Suchen Sie den verläumdrischen Buben, den Karl, und schleppen Sie ihn mir her — ich will ihn eben so verstoßen, und in alle Welt schicken, wie diesen.

Kapit. Fassen Sie sich, mein Vater!

Stahl. Recht, ich vergaß mich. (zu Braun) Laßt aufpacken und Anstalt zur Reise machen; in einer Stunde muß alles fertig seyn. (zum Marq.) Da sind 100 Dukaten zur Reise, wenn du uns nach Franken folgen willst — wo nicht, so ist dies das letzte, das du von mir erhältst — ausser dem Fluche, den ich dir noch aufspare. (geht mit dem Kapitain ab.)

Funf=

Funfzehnter Auftritt.

Marquis, Frik.

Marq. Was sagst du dazu?

Frik. Was soll ich sagen! ich sehe, daß ich Sie verlassen muß.

Marq. Guter Junge! vor der Hand ist freylich nichts zu thun. Ich muß nun gehn, und Erdäpfel pflanzen, wie Balluzzo sagte.

Frik. Und ich gehe nach Spaa, den Balluzzo zu bestehlen. Allezeit zu Ihren Diensten, mein Herr und Meister!

Marq. Leb wohl! Frik, ein lahmer Greck, ist auch ein Greck, und mannichfaltig sind die Hülfsmittel für den Mann von Verstand. Also verzweifle nicht. Ich bitte dich, unterhalt mich in deinen Briefen von deinen Thaten, daß ich in der Routine bleibe. Leb wohl! meine Wunde schmerzt mich sehr!

Frik. Adieu! großmüthigster, feinster und unglücklichster aller Grecks!

Marq. Wie gesagt, Frik, ein lahmer Greck ist auch ein Greck! du wirst von mir hören.

Ende des Lustspiels.

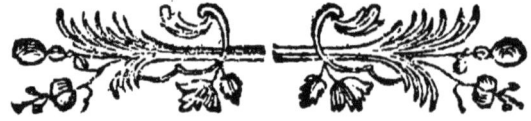